米娅来了

奥尔加奶奶的白马王子

【德】苏珊·菲尔舍尔 著

董芊羽 邓康宁 译

中国国际广播出版社

奥尔加奶奶

有点古里古怪的、
我最最亲爱的
奶奶。

克兰菲德先生

世界上最棒
的家庭教师！

一堆广告单

和一个
天才的计划！

我的铁杆儿
闺蜜团。

阿林娜、莱奥妮和莎娜

舞厅

今日茶舞会
15 欧元起

听说在这里，
梦中情人
到处跑！

米娅·汉森

这就是我：
蝴蝶·小·姐！

莱娜·汉森

也许她将拥有
一个惹人爱的
爷爷？

……属于一个
宝宝，一个还
不知道在哪儿
的宝宝！

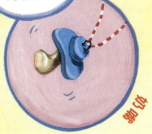

奶嘴

目录

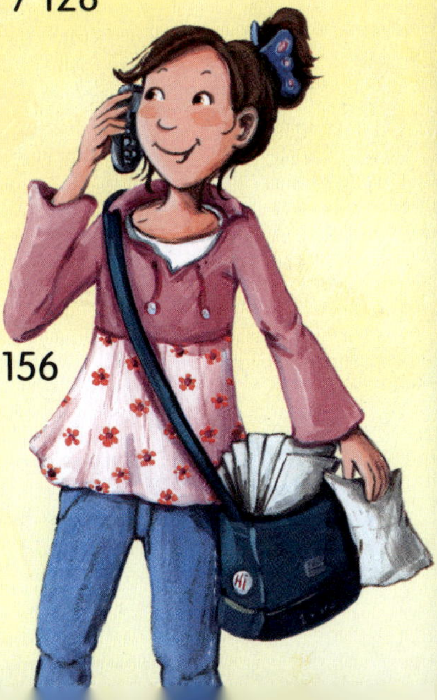
Hi

教师界的奇迹

"补数学也太凶残了！"耶特躺在我那张蓝白条纹的毯子上，两腿朝天。就这句车轱辘话，她都说了一刻钟了。而且她根本没理由在这儿抱怨。五月刚过了头几天——多欢喜的月份！鸟儿叽叽喳喳，花骨朵儿冒头，春天的感觉让人心痒痒！区区补课，又何足挂齿呢？

"是不是这样，米娅，是不是？"耶特很坚持，还拿大脚趾点我。

"别胡扯了！"我反驳道，"比补数学糟糕的事多了去了。"

"你倒说说看？"

"战争、自然灾害，以及块头结实还拿脚踢我的朋友。"

这下耶特终于被我惹火了。谢天谢地，她把腿给放了下来，一头梦幻的金发甩到后面，一个劲儿地生闷气。我的屁股都快坐麻了。要说生闷气，耶特可很有一套。她生闷气的时间之长，水平之高，差不多能和她"到处诉苦"以及"什么都知道得多一点"的本事相提并论。

克兰菲德先生说他三点出头过来——我们新来的第一个也是

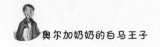

唯一一个家庭教师。原因是上次的数学考试，我和耶特都考砸了。上上次其实我们也考砸了，上上上次的成绩也不咋地——这让我很不爽，因为我本来算个好学生，可一遇上我们的数学老师，那个"鼻涕虫"，我的大脑就动不动彻底死机，严重到有时候我能连我姓什么都给忘了。

回到那位先生，他是出租车司机，同时又是酒保和家庭教师。这么个组合挺疯狂的，但据奥尔加奶奶说他很讨人喜欢。奶奶又是听她的一个闺蜜说的，那个人腿脚不方便，就请克兰菲德先生给自己当司机。克兰菲德先生住在城郊工业区的一个车间顶楼，所以爸妈觉得让他来我们家上课比较好。

三点十五，门铃终于响了。耶特一下子跳到床上挨着我坐好，把我抓得紧紧的，好像我们马上要落入克兰菲德先生的血盆大口中似的。

耶特还在哭天抢地："凭什么我们就要补课，阿林娜和莱奥妮就不用？"

"也许是因为她们碰巧比我们考得好吧？"我懒洋洋地回答。

耶特点头，好像她是头回听说似的。接着门就开了，爸爸带着我们的老师进了房间。这位克兰菲德先生比我爸年纪稍长，有着咖啡色的眼睛，罗马人式的鹰钩鼻，一绺小山羊胡子修剪得干净利落。但他身上的奇特之处还远不止此。工装裤配夹克衫，看着像是从时尚杂志里走出来的。（在这一点上他和我爸简直是云泥之别，后者固执地用凉鞋搭格子衬衫来折磨我们，尤其是折磨我妈。）

"米娅，耶特，"像被打开了开关似的，爸爸笑着介绍道，"这位是克兰菲德先生。"

"你们好！"他边嚼口香糖边打招呼。

"你好！"我尖叫。

"你好！"耶特吓得直喘气。

爸爸将门推开了一些。"你们有什么打算？我是说，你们打算让克兰菲德先生坐哪儿呢？"

"呃。"我马上又闭了嘴。这下克兰菲德先生肯定觉得我很蠢。说实话，我还从来没想过怎么坐的问题。我看向旁边的耶特，没想到她正一门心思忙着擦眼镜。让他坐床上，夹在我们俩中间？除非从我的尸体上跨过去。我们挨着他，坐书桌旁边？他坐我那张蓝色的摇椅，我们坐床上？也不是最佳选项。这样他没法看我们的练习本，我们也看不了他的书。

我爸意识到了事情的严重性，大手一挥，把他的书房拨给我们。

"你不用处理学校的事情吗？"以防万一，我多问了一句。到时候那些可怜的学生拿不到改好的作业可别怪我。我爸是个老师，就在我们学校教德语和历史。

"我要啊。但我在厨房里也能改作业。没事儿。"

就这么着，我们马上在我爸那张老旧的堆满了教材、文件还有学生作业的书桌旁坐定，忍受新老师教的名为数学的鬼玩意儿。

奥尔加奶奶说得对，克兰菲德先生真的很好。他上课会耐心地解释，开开小玩笑，总有不少花头，尽管我自己也不确定我懂了没

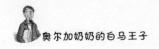

有，他讲的那些数学到底是什么。

> 6里面藏着2这个质因数……这个乘法式子必须先写成它的倒数再来做……
> 其实是总和……用分配律……12乘21是……

他的声音听着像是从话筒里传过来的。其实就算他随便给我们报号码簿上的数字，也跟现在没什么两样。

四点刚过，他看了一眼表，说："在我们结束前，我想请你们做三道题。你们有五分钟时间。"

他推过来两张纸条，先是给我，再给耶特，上面写着一堆可怕到不行的分数。我的心脏一下开足马力，怦怦乱跳个不停，好像真的在做课堂测验一样。我偷偷往耶特那儿看，但其实也没什么用，因为我的朋友看起来下一秒就要大哭大叫了。

"你们不打算开始吗？"克兰菲德先生鼓励我们，一边挠了挠他漂亮的罗马式鹰钩鼻。

"当然，"耶特嘟哝道，"不过实话说吧……我不太清楚，怎么弄。"

"那为什么不太清楚呢？"他掸掉夹克上的一根绒毛，"我可都跟你们仔细讲过了哪！"

天哪，要来了，一场狂风暴雨。早知道我们根本听不懂他在说什么，他又何必这么费劲呢？不，他的时间太宝贵了，可别浪费在我们身上了。

我知道数学不是我的强项，我比较擅长法语和德语，并且我拥有世界上最美的蝴蝶收藏（现有七枚蝴蝶发夹，十二只布蝴蝶，三只玻璃蝴蝶）。说不定哪天我还能当个蝴蝶学者，但是我担心为此我需要非常好的毕业考成绩。毕竟我分数运算基础为零，不太有把握能考出好成绩。

不过眼下我只希望补课赶紧结束。耶特肩膀耸到跟耳朵一般高，像是怕克兰菲德先生责备。而克兰菲德先生只是清了清嗓子，动作相当细致，然后宣布："好吧，是我讲得不清楚，可能讲得非常不清楚。也就是说，下回我们得把这些知识点再捋一遍。"他敲了下桌子表示强调。"所以我会跟你们爸爸妈妈说，我今天只拿一半的课时费。"

耶特和我刚用蚊子叫似的声音乖乖地回复完"谢谢""好的""下周见"，克兰菲德先生就已经站起来，匆匆离开了房间。

"老天爷，这到底什么情况？"耶特大口喘着粗气，像是刚在城里东奔西跑了一通。

"教师界的奇迹啊。"我赞叹道。

"简直是奇迹中的奇迹！"耶特表示肯定。

在我的印象中，这还是我人生中破天荒头一遭，当我们又一次啥都没学会时，老师把责任揽到自己头上，而不是拎着我们学生开骂。

哪天我爸能不能也成为这么个奇迹呢？不晓得。下次我可得好好问问他。

完全无害?

爸妈请我们去一家比萨店吃晚饭，"我们"包括我、烦人的妹妹莱娜还有我帅气的哥哥卢卡斯，借的是他们俩结婚纪念日的由头。我们天天让他们心烦意乱，既然如此，我爸妈为什么不想过二人世界，浪漫地消磨这一夜，真搞不懂他们。可能他们离了我们也没意思，还有我们兄弟姐妹间的"小吵怡情"。卢卡斯本来提议坐到外面的庭院里吃，可妈妈觉得现在这时候还太冷不合适。

"我们能点想吃的东西了吗？"等我们终于选定了靠窗的一张桌子之后，莱娜尖声尖气地问道。为了方便过一遍菜单，她几乎是以秒速在舔食指。

"当然啰。"爸爸回答。这次庆祝纪念日，他总算把平常的环保面料服饰放进柜子里，换成白衬衫（熨过的！）配牛仔裤。另外他还穿了货真价实的皮鞋，这样就不会有破了洞的袜子探头探脑了。我都完全不知道他还有这么帅的休闲鞋！

妈妈反正一直都是这个样，穿得整整齐齐，但今天她穿了一身玫瑰花连衣裙，还把头发梳起来，显得格外光彩照人，像旧时代

6

的影星。

"赞！"莱娜尖叫道，"那我要一个蔬菜比萨，一个萨拉米香肠比萨，一个金枪鱼比萨，配一升可乐加两个意大利面冰激凌①。"

对她这种孩子气的心血来潮，爸妈可一点都没心思管了。我妹妹肯定吃不了三个比萨；她连一个比萨都从来没吃完过。我觉得她是想在爸妈面前刷一刷自己的存在感，眼下她没有好分数可以拿来吹嘘，所以变本加厉地开始喋喋不休胡说八道。

"我们去问问服务员，看烤比萨的师傅能不能给你做一个蔬菜、香肠、金枪鱼三合一比萨，"爸爸耐心地劝解，"至于冰激凌——再看吧。"

"我早就知道了，我想要什么就是不能点！"莱娜一边发牢骚，一边委屈巴巴地用大拇指指甲去磨自己餐巾上的图案，发出咔哧咔哧的声音。

"你们结婚到现在到底有几年啦？"我们点完以后（包括破例给莱娜做的那份），卢卡斯好奇地发问。

"十一年了。"妈妈骄傲地笑道。

我飞快地核算了一遍。这种事情我的"鼻涕虫知识"还是够用的。

"那卢卡斯不就是私生子了吗？"我一针见血地指出。

---

① 意大利面冰激凌系德国首创，是一种外观酷似意大利面的冰激凌。做法如下：先挤些鲜奶油在盘子上打底，再透过面条挤压器用力压香草冰激凌，产生面条般的外观，接着在"面条"上淋一层草莓酱，看起来像番茄酱，最后撒上磨碎的杏仁或白巧克力碎片，当作意大利干酪。两三分钟后，一盘逼真的"意大利面"就做好了。

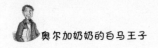

如果我不偶尔展现一下自己的聪明才智，我们家就可能干脆把我忽略掉。我有一个哥哥，他那天杀的长睫毛和天杀的绿眼睛胜过任何一个美男子，又有一个小妹，她的聪明才智堪比爱因斯坦，我毫无存在感就一点儿也不奇怪了。

很遗憾，我就是个普通人。相貌普通，天资平平，连日记里写的玩意儿也只是"中等水平的搞笑"。唯一有趣的地方大概还要数我的大批蝴蝶收藏。

"你说得很对，米娅，"爸爸表示肯定。

这下卢卡斯露出一副深受侮辱的模样，表情非常难看。他想知道，为什么当他在妈妈的肚子里日渐长大时，妈妈还没有和爸爸结婚。

"我们干吗非得这么做呢？"爸爸搔着他的胡子说，"反正我们深爱着彼此。"

"可既然已经爱得要死，又有什么理由不结婚！"卢卡斯坚持己见。

"你更希望这样？"妈妈问道，一边抿了口矿泉水。

卢卡斯眼睛噼里啪啦眨巴了半天，又把餐具搞得叮里咣啷响，才小声回答："嗯。我觉着是。"

说实话我不懂我哥有什么好在意的。照我看，父母晚点儿结婚怎么了，比这更惨的事又不是没有。而且就算他们一直不结婚，也不见得比现在更"杯具"啊。

妈妈按了按卢卡斯的胳膊，好像要给他迟来的道歉似的。"重要的是，过了这么多年，我们还在一起。"

妈妈这点讲得有理。我们班上就有些男生女生，父母早早离异，而耶特的爸妈那边，情况看起来也不乐观。除了在阿尔托纳的药店那边，当着顾客的面总要有所顾忌，其他时候他俩就会闹得天翻地覆。

"这次请你们吃比萨，还有一个很特别的原因。"妈妈突然说道，附带一个紧绷绷的微笑。

"啊，你们的结婚纪念日，"卢卡斯哼哼唧唧的，"棒哦！"

"这是原因之一。但是我们还有点儿事情想跟你们说。"

"喔，到底怎么了？"我追问道，一边感觉背上蹿起了鸡皮疙瘩，"是不好的事？"

"不，恰恰相反。"爸爸搔胡子的力道变重了，这就表示他们两个要宣布的事情不可能完全无害。希望不是要搬家！叫我从现在的房子里搬出去，我已经很不乐意了，但要我彻底搬出汉堡，那可还要痛苦得多，因为我无论如何都想象不出，没了耶特、莱奥妮和阿琳娜这些朋友，生活会是个什么样。一个个扯淡的下午，一次次唇枪舌剑，和耶特一起上芭蕾课——所有的这一切，都会让我想得发疯。我甚至可能离不开"鼻涕虫"数学老师呢。

我紧张地注视着他们，可就在我妈打算开腔的时候，服务员迈步过来，车轮大的比萨盘子稳稳地停在他的小臂上。与此同时，爸爸的手机铃声大作。他接通电话，对着手机那头嘟噜了几个"嗯"，然后挂了，向我们解释道："是我妈。她碰巧在附近，想来打个招呼。"

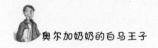

“真的假的？”妈妈惊讶地问，“我还以为奥尔加想穿得漂漂亮亮的和朋友们出去呢。”

爸爸耸了耸肩：“谁知道。好像出了点儿意外。”

倒霉的奶奶。和闺蜜们碰头可是她的头等大事。一下子被三个人放鸽子肯定很难过。

莱娜已经在她那份比萨上贪婪地大切特切起来，嘴上还催促道：“你们现在到底要说啥？快讲快讲！”

“等会儿，亲爱的。现在先吃饭，”妈妈做了决定，“多吃点儿。”

莱娜噘起嘴巴，不过我也觉得吃饭没什么意思，就像黑桃 7 必须等着最后揭晓一样。我偷偷在桌子底下碰碰卢卡斯，结果他忙着大口嚼比萨，简直没有什么能动摇他分毫。

这下我也只能拿起刀叉。我一边在自个儿的比萨正中间切出小方块，一边绞尽脑汁地思考可能发生了什么。会不会是爸妈处不下去了，就跟他们一直声称的那样？……或者爸爸被学校开除了？……还是说妈妈开的足疗店要关门了？我顿时没了胃口，把刀叉放下了。

“米娅，你不会是已经吃饱了吧？”妈妈关心地问我。

我正要回嘴说，这么没完没了地吊胃口我早就受够了，奥尔加奶奶突然冲进了店里。和平常一样，她穿着粉色和橙色相间的衣服，肩上斜挎着当手袋用的邮差包。

“哦，亲爱的！”她亲热地喊道，并给了我爸妈一个特别热情的拥抱，让他俩都快出溜到椅子下面去了，“在此我要献上最最真心的祝福！祝你们白头偕老！祝你们过得快快乐乐，尽享每分每秒！祝你们儿女绕膝，子孙满堂！"她差不多要笑疯了。"嗯……比萨！多好吃啊，我也想要！"

妈妈把菜单递给她，服务员之前忘拿走了。"奥尔加，你的约会究竟出什么事了？"她问。

"吹了呗。"奶奶轻描淡写地回避了这个问题，可谁都能看出来她有多受打击。这一点上我不能更理解她了。我也一样，痛恨被人放鸽子。有一次耶特让我在池塘边白站了整一个钟头，这事她都干得出，既没告诉我她不来了，也没事后给我赔不是。没别的原因，就是碰上我们芭蕾课一个姑娘打电话过来，把她拖住了。她就这么把我给忘了。很伤人啊。

奶奶点了个大蒜、沙丁鱼和橄榄（真恶心）都特别多的比萨，然后笑着问道："所以？有什么事啊？"

"能有什么事啊？"爸爸回应，"我们比萨吃得香着呢，这还不够吗？"

"卢卡斯是私生子。我爸妈正要跟我们说要紧事，"莱娜大声嚷嚷，"他们一直神秘兮兮的。"

"是吗？"奶奶惊讶地瞪大眼睛，"有意思。"

"我们得先吃完饭。"莱娜接着说。

"为什么呀？"奶奶打量着我的"二老"，仿佛觉得他们脑子不正常了，"难不成我们还活在1851年，吃饭的时候都不许讲话？"

"当然不是，但……"妈妈没有讲下去，而是将一根奶酪丝像

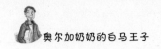

口香糖一样拉长再绕到叉子上，这才接着说道，"就是这件事吧，它说来话长。"

"安德烈娅，这是什么话，"爸爸说，"归根结底，一切其实很简单。简单得不得了。"

"好了，孩子们，到底怎么一回事？"奶奶追问道，一边闪电般地顺走了爸爸那份比萨上的一颗橄榄。

妈妈碰了碰爸爸，说："你跟他们说吧！"

"不，你说。这主要是你的事。"

"我的事？"妈妈火了，"咳，你可不就这德行！"

"好了别吵了！"奶奶赶忙说道。

"好好。"妈妈叹了口气，就在这时，服务员偏偏又出来搅局，给奶奶上比萨。于是妈妈马上又闭嘴了。

这出戏还要演多久啊？我不停地将蝴蝶发卡摁开又关上，纯粹出于愤怒。但这也丝毫不能让我冷静下来。

"我们一定要等到奶奶吃完吗？"等到服务员走了，莱娜问道，同时和我一样，把叉子搁在了盘子上。

"不，不用了。"妈妈回答。她用手抹平那条玫瑰花裙裙摆的褶皱，说："我们想跟你们说的事情，是这样的：我们要……我要……你们要有一个……"

"妈！"卢卡斯抱怨道，"你们怎么啦？你又怎么啦？我们要有啥？"

"一个小弟弟，或者小妹妹，"我妈最终扔下了这颗炸弹，"我怀孕啦！"

　　所有人瞪着她，好像爆炸的不仅是颗炸弹，而且是一整个太阳系。我只能听到耳朵里血液冲刷的响声，它听上去那么危险。

　　"那个，你们觉得怎么样？"仿佛永无止境的数秒沉默过后，妈妈发问了。奶奶张口结舌，卢卡斯口水都掉下来了，脸白得跟乳酪似的，莱娜脸红得像脓包一样，而我呢，大概看着像个外星人，刚被从半人马座的南门二星扑通一声扔到这家比萨店里的那种。

　　"你们现在可以畅所欲言了。"爸爸好心地打破了寂静。

　　"这个嘛……好吧，"奶奶结结巴巴，"老实说我很惊讶，这是想好了要的？我的意思是……"

　　妈妈的眉间耸起了一道深深的皱纹，奶奶一看到就不说话了。只有莱娜喜笑颜开："宝宝！多可爱！我们要有一个小宝宝啦！"

　　"对啊，小宝宝！"妈妈鹦鹉学舌。

　　"一个很小的宝宝！"爸爸补充道，好像这世上还有成年人那么大的宝宝一样。

　　喔，一个宝宝。

　　"妈咪，我就有一点不明白，"莱娜大声说出了心中所想，"你当真能把孩子生下来吗？"

　　全场再次鸦雀无声。妈妈的微笑是那样勉强，像是嘴里含了片柠檬似的。

　　"这得看到时候了，是吧？"她转向卢卡斯，"你呢？你怎么说？"

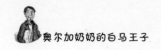

　　"这个嘛，为什么不呢。如果你们对换尿布、孩子大晚上突然吵吵这些事还没有厌烦的话，就请便吧。"他从我的盘子里抓走了剩下的比萨，"但我希望生的是个弟弟。再来个妹妹我可不干了。"

　　谢了，卢卡斯！我是这么爱你……

　　爸爸只是笑笑，然后解释说，他也希望是个男孩，仅仅是公平起见。

　　"那你呢，米娅？"妈妈又问了。

　　"生男生女我都无所谓。"我大着舌头回答，跟喝醉酒了一样。

　　"我不是这个意思。我要知道这件事你到底怎么看！就是总得表个态。"

　　妈妈审视地打量着我，可我的脑子里乱糟糟的。一个宝宝……一个小弟弟，或者小妹妹……我怎么知道我怎么看，又要"到底"又要"总得"。我的大脑一片空白，所有感受都跑去街角买小面包了。

　　"你不高兴，是不是？"妈妈的失望写在脸上。

　　"哪有，我当然高兴了。"说是这么说，但我心里不是这么想。我什么都算到了：搬到上海——有人在追我妈，想插足我们家——我爸搞了个发明，成了百万富翁，要跑到太平洋那边去……唯独没算到，我妈还能怀上了！我要是够诚实，就该像莱娜一样指出来，在我爸妈这个年纪生孩子根本行不通。

　　莱娜吸着可乐问宝宝要睡哪。我也特想知道，毕竟现在已经是我们俩分一间屋子了，要是我妈再把那个吵吵闹闹的小家伙丢到我的摇椅里或者我那条蓝白道的地毯上，我和耶特、阿林娜还有莱奥妮下午的扯淡时间就泡汤了，这简直没法想象。

"一开始小家伙先跟我们住一屋，"妈妈说，"但我们离这事儿还早着呢。我才怀孕三个月呢！"

"以后就要分我那间屋子，没跑了，"卢卡斯唉声叹气，"就像米娅和莱娜一样。"

"说不定我们能弄到一套大点儿的房子，"爸爸暗示我们，"这会儿我们先把问题放一放，不要想太多，好不好？"

他举杯以示庆贺。妈妈、奶奶、卢卡斯和莱娜都跟着举起杯子，为了不扫大家的兴，我也照做，跟他们碰杯。为爸爸妈妈的结婚纪念日干杯！为小宝贝干杯！为我们要变成六口之家，为我们的屋子里很有可能将会充斥着尿布的糟糕气味，干杯！

奥尔加奶奶把她那份比萨吃得一干二净，卢卡斯贪婪地消灭了所有盘子里剩的东西，我们终于来到了饭后甜点环节。尽管我的胃已经塞得满当当，但一场宴会如果没有冰激凌作为完美的收尾，就不能算是尽兴。我们所有人当中，奶奶点了最大一份，不过她觉得这很正常，因为她最喜欢的运动是肚皮舞，跳舞的时候总少不了"摇摆""颤动"。在她说"颤动"这个词的时候，一位年长的先生正好经过我们这张桌子，还向她眨巴眼睛。奶奶不高兴地笑回去。

"真搞不懂了！他刚刚那眼神就是在吃我豆腐！"那人前脚刚出门，奶奶就爆发了。

卢卡斯咔咔地笑，好像被莱娜传染了一样。本来一般是莱娜

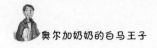

喋喋不休说笑个没完的。

"你生的哪门子气呀？"爸爸说，"你在异性那儿还有机会，这不是很好吗？"

这回我可忍不住咯咯笑了。不是因为奶奶，而是因为我爸瞎说的时候用词还这么老套。

"我倒也觉得这事儿值得高兴，"妈妈再次举起了酒杯，"让我们为我拥有这样一位魅力四射的婆婆干杯！"

酒杯相碰，叮咚作响，妈妈接着说："觉得怎么样，奥尔加？你就没有兴趣坠入爱河吗？"

"我？见鬼去吧！"奶奶发出刺耳的笑声，"男的只能把人气死。"

"哦，那可谢谢您了，"爸爸说，"这话我可爱听。"

奶奶轻轻拍了拍他的肩膀。"你当然是例外啦，甜心。"

这话我也想对奶奶讲。虽然我爸的衣品简直惨不忍睹，但他确实是我能想象出的最棒的男人。

"有时候你的朋友也会惹你不高兴的，"妈妈插嘴道，"比如今天这样。把你丢下不管了。"

"啊，那你就相信，最好的办法是找个男人？"奶奶的额头上已是皱纹密布。

"说不定呢？我不知道，试试呗！"

"就算这真能成……"奶奶的额头舒展开来，"我这把年纪也没多少选择了。还是说你们觉得我会随便找个长着肉疙瘩耳朵里冒白毛的胆小鬼？"

"所以刚才那位怎么样啊？"爸爸故意捉弄奶奶，"他看着可壮实得很。"

奶奶一口回绝："太老了！"

我又忍不住笑了。我敢打赌，那个人就跟我奶奶一般大，一天都不比她老。

后来我们带着被比萨和冰激凌撑满的胃出发时，我突然想到可以偷看妈妈的肚皮。一想到可能已经有迹可循，我简直心痒难耐。一个圆弧？或者一只小脚丫，正从里面踢肚皮？可不管我怎么盯呀瞅呀，妈妈的肚子看着和平常没什么两样。不是平板一张，但也肯定不是有了宝宝的那种球状。更像是被比萨撑圆了，我还有家里其他人就是这样。

亲爱的日记：

　　我的肚子里装了半张比萨、一整个蛋筒冰激凌，它们勒得我刺痛刺痛的。但在我脑子里还要可怕得多：

　　警报警报！——混乱即将来袭

　　我妈她……她……她……怀孕了！（如果你们在性教育课方面不够与时俱进的话）换句话说，她要有宝宝，我要有弟弟妹妹了。

　　目前为止一切都好。我就是不知道该用什么态度面对。我该欢呼，还是哀号？还是我干脆装作什么都没发生？不管怎么

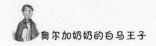

说，地球还是绕着太阳转，月亮还是绕着地球转啊？

现在我可实在是被问倒了。得先让我适应适应，理理头绪。

顺便把这个大新闻和比萨还有冰激凌一起消化消化。

晚安。亲爱的日记，祝好梦！也向波点封面问好！

铁石心肠的米娅

第二天去学校的时候，我特别兴奋，就像早餐灌了 40 杯咖啡一样。但那其实只是一杯可可而已。真要命，我们第一节课就是德语默写。拼写这事我本来得心应手，可这会儿——救命啊！——字母们正在纸上群魔乱舞。我试图偷看我同桌，学霸克里斯蒂，可她今天偏偏披头散发，头发像帘幕一样盖在她的默写纸上。倒霉透了。

就算我和克里斯蒂不是最要好的朋友，她也给我讲过我不懂的单词。作为回报，我会偶尔把我美味的芝士番茄面包分给她一点。妈妈经常给莱娜、卢卡斯和我装太多口粮，也许是怕我们饿死。而在可怜的克里斯蒂那里，情况完全两样。她家给她带的塑料袋里装得都是东拼西凑来的点心，看着就很难吃，实际味道也是如此。

但命运成心跟我过不去。克里斯蒂全然沉浸于默写中，无暇顾及我投来的无助目光。我有一次转过身去求助耶特、阿林娜和莱奥妮，她们分散地坐在后两排，然而她们也和克里斯蒂一样在奋笔疾书。

小课间时，阿林娜把我拉到一边。"米娅，你脸色白得像纸！

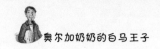

跟低血糖似的。"她得了糖尿病,有时候就会这样突如其来地发抖,必须赶紧摄入糖分。

"不是低血糖!"我发牢骚说。

"不是?那你是生了别的什么病?"这下耶特也来过问,一边扶了扶她的圆框眼镜。

"是我妈……"我开口,但没有将真相一股脑儿倒出来,"唉,以后再跟你们说。"

莱奥妮揽住我的腰。"为什么不是现在?"

"因为现在不合适!"我边说边看了眼耶特闪闪发光的表。如果这块表正常在走,上课铃马上就响了。像"爹妈要有小宝宝了"这种让世界为之色变的话题,讨论起来不是两分钟就能搞定的。

"你们今天下午有空吗?可以到我家碰头。"我提议说。就在这时我想到,这不是个好主意。家里我妹妹会蹿来蹿去,可能还有某怀孕人士,我大加议论的主人公。

"要么还是在池塘边吧。"我立刻改变主意。

"那不如去我家,"耶特说,她正拿她华丽的金发对着光,搜寻分叉的发梢,"不过你至少可以透露一下是关于什么吧。"

"关于我妈。早说过了。"

"她生病了?还是有人追她?"

上课铃响了。"耶特,别惹我。该你知道的时候你会知道的!"我紧紧抿起嘴唇。这就表示我将从此只字不提。散了,结了,够了。

还好阿林娜和莱奥妮没再逼问下去,只有耶特还放不下,每次休息都要刨根问底。有一回我被她的好奇心搞得差点儿说溜了嘴，亏得我在千钧一发之际控制住了。如果我说了，她们会怎么样我就不知道了。最后肯定是全班都知道了，而我成了世界第八奇迹一样的存在。我的同学们没有一个最近添了弟弟妹妹的。

第六节课的下课铃响了，我可以回家了。我松了口气。妈妈不在家。她在妇科医生那里约了检查，这对我来说来得正是时候。我对宝宝的期待之情一直以来总是有限。但卢卡斯和莱娜看着也不像是爱意爆棚到快活上天的样子。他们表现得更像是不在乎，只是各自埋头吃饭。当然也可能要怪被我爸煮糊了的意大利面。

我三两下写完作业，可就在我要去耶特家的当儿，奥尔加奶奶来敲门了。

"奶奶好啊奶奶再见。"我客套完，正要从她旁边挤过去，可她跟海象似的杵在门口，摆出一副闷闷不乐的人特有的神情，我曾经看过她这样，"你还好吧，奶奶？"

"唉，米娅，"她叹道，"这日子太难过了，比硬骨头还难啃啊。"

"怎么了呢？"我吃了一惊，"发生什么啦？"

"没事。"奶奶的微笑有些不那么正，"我就不能愁眉苦脸一下吗？"

当然可以，就是有些奇怪。因为她一直是兴高采烈的，这种末日当头的情绪我可没在她身上见过。

"你看啊，"她说下去，"外头天气多好。到处是恋人们忘情相吻，享受五月风的气息……"她的嘴角耷拉了下来，"唯独我孑然

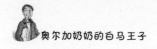

一身。"

"哎，奶奶，"我安慰她，"你还有我们呢！而且卢卡斯、莱娜和我不也没和谁……谈恋爱嘛。"

奶奶笑了。"你真贴心，不过这对我没什么用。那么，出发吧。不要被一个老太婆的大呼小叫绊住。"

不幸的奶奶哟，我心想，一边冲出家门。某种程度上，对我来说，奶奶永远是奶奶——没有了早已逝去的爷爷，但也没有别的男人陪伴。我一直觉得，男人对于她这样的奶奶来说完全没必要。

虽然到耶特那儿只要十分钟，但她家在顶楼，要爬上五层才能到。真不知道耶特怎么做到每天都爬不腻的。

我连滚带爬进她房间的时候都快发心脏病了。莱奥妮和阿林娜已经到了，在红色的垫子山里彼此依偎。耶特的房间就是一片红：地毯，窗帘，可以充气的塑料沙发椅，甚至垫子；只有床罩是方格纹。好像这还不够似的，到处都是的红色软垫还做成了心形。弄得跟耶特在热恋一样。（可能还真是，跟我天杀的帅气的哥哥。）

我的体操鞋尖还没迈进她的红色王国，莱奥妮和阿林娜就跟挨了电击似的从床上一跃而起。

"快说！"莱奥妮激动地大喊，甚至允许阿林娜摸她裤腰上方的小游泳圈。她今天穿了那条五月份穿的白色裤子，然而它从去年开始就显得有点儿紧了。

"能先让我进来吗？"我活力十足地把自己扔到耶特床上，压得它发出了危险的吱嘎声。同时我眼睛瞟向床头柜上的蛋糕碟子。

但耶特赶在我拿到前把它抢走了，说："不给。先说，再吃。"她还把碟子凑到我鼻子下晃，"太好吃了！巧克力片……可可粉……嗯！啧啧啧！"

"好吧，"我马上把这个大秘密给捅了出来，"我妈怀孕了。"

"啥？"耶特像是耳朵出了毛病。

"不好意思？"阿林娜语气僵硬，莱奥妮则哑着嗓子让我"再说一遍"。

"我——妈——有——宝——宝——啦！"

"宝宝。"耶特重复道，嘴唇都在发抖。

"是，就是两条胳膊两条腿加一个身子的小东西。"

数秒死寂。耶特扶正眼镜，阿林娜抠地毯里的蛋糕碎屑，莱奥妮噘嘴作沉思状，外面有飞机升空。然后阿林娜举起手臂欢呼："宝宝！酷！赞！不可思议！天哪！太可爱了！"

"你真这么想？"谨慎起见，我要向她确认。阿林娜听着实在不像是头脑清醒。

"那还用说！"

"你不觉得吗？"莱奥妮问，她的嘴边也浮现出快活的微笑。

"怎么讲，还好吧，"我喃喃道，"你呢，耶特？你怎么看？"

"要是我也会觉得很棒啊，"她垂下目光，一下子显得挺难过，"一个兄弟姐妹都没有也不是个事儿。特别是父母还吵个没完。"

天可怜见！为什么生活这样不公？耶特和阿林娜根本没有兄弟姐妹，莱奥妮只有一个哥哥，还不是亲生的，而我却被这么多烦人

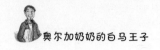

精缠着不放，搞得我盼星星盼月亮地想把他们送出去一个。话虽如此，我本来还是应该高兴的。很简单，因为这样才正常。但不管我怎么努力，我的心里还是一片空空荡荡冰冰凉，像是报废了的冰箱一般。

也许是出于同情，我说也许，耶特兑现了诺言，把蛋糕碟子端给我。

"给，好好吃，然后告诉我们干吗摆出这么一副苦瓜脸。"

"我摆苦瓜脸？"我食欲全无地咬了一口蛋糕。

"比这还糟。一张百分百的世界末日脸，"阿林娜说，"好像家里添了口人是惩罚一样。"

就连莱奥妮，明明不是一个兄弟姐妹都没有，也认为："要是我是你，就想拥抱全世界啦！"

"唔……"我把一团黏糊糊的蛋糕送进嘴里，结果被噎住了。怎么一切都乱了套了？听说有个小宝宝要从肚子上的洞里爬出来，我的闺蜜们美得不行，只有我坐在这儿，像个冷酷无情的外星人。

"这事儿我们还得好好探讨一下相关因素。"耶特想了想说。她飞速从书桌那儿拿了便签本和圆珠笔来。

"这是要干吗？"我有点儿不安，"不是要审我吧？"

"我们来列一个支持和反对原因的表格。"耶特解释说。她把纸面一分为二，左边写上"宝宝有什么好"，右边写上"宝宝有什么不好"。"行，开讲吧，蝴蝶小姐。"

她老是这么叫我，因为我的蝴蝶收藏和一堆蝴蝶发夹。平常我特别烦这个，但今天我无所谓了。我点点头，感觉如坠冰窟。可因为耶特只是好心想帮忙，我就配合她玩下去，憋出了几句："宝宝们会打酸酸的小奶嗝，还会叫个不停——晚上也叫。而且他们的尿布根本臭不可闻。"

耶特把我的评价写在右边一栏。"宝宝身上还有什么你讨厌的地方吗？"她追问道。

"有了宝宝，我们家就更挤了，"我毫不犹豫地说，"妈妈也几乎不会有时间分给我们了。"

"哈！哈！"阿林娜的眼睛跟信号灯似的一闪一闪，"你担心自己被冷落。"

"胡说八道！"我高声反驳回去，心里清楚阿林娜从来没有错得这么离谱过。

"姑娘们，来点儿好的方面吧！"耶特喊，"宝宝们也有好的方面，是吧？"

"是啊，他们很可爱！"阿林娜沉醉地抚摸着怀中的心形垫子，似乎把它当成了真的宝宝。她算是运气好，垫子可不会打嗝。

"我要写下来吗？"耶特朝着我的方向问。

"没错。"我说。

"你也觉得宝宝们确实很可爱？我只会把你也同意的观点写下来。"

我点头。我当然也觉得他们挺可爱的，谁不是呢？但没人非得要在家里有一个啊。

"还有吗？"耶特的视线越过镜框。

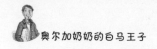

我耸肩。老实讲吧，要我说出实实在在的好话还是挺难的。宝宝就是……宝宝啊！我苦思冥想了一阵，这才断断续续地说："孩子们的叽里呱啦有时候还不错……他们没有牙，笑起来也很可爱……估计人们也可以像对小猫咪一样跟他们亲热。"

耶特激动得像是我刚发明了能够自动清洁的尿布一样，在纸上奋笔疾书。"别的呢，蝴蝶小姐？"

我摇头，一边伸手去够蛋糕。

阿林娜打了个响指。"我知道。看着孩子们一点点长大肯定很棒。起初只会抓、笑、叫，突然有一天就会爬了……等他们开始走路，开始说话……"

"好，我服。"耶特在加分项一边写下"观察成长的步伐"以后，我说道，"宝宝们真是无敌好，谁家要是没个宝宝，就是他自己的损失。"然而我自己都不相信自己说的话，真是倒霉。

我希望这个话题就此打住，可阿林娜这会儿已经停不下来了，她谈起了她表姐马亚的宝宝，说宝宝的口水弄湿饼干有多萌，小手啪嗒啪嗒地拍有多好玩……我不禁堵上耳朵扪心自问，为什么我要把这事儿告诉她们。渐渐地，我觉得自己简直像是从另一个星球来的。生下来就是铁石心肠，该死的冷酷无情，只在看到新的蝴蝶发夹时才开心。

五点半不到一点，当阿林娜、莱奥妮和我跌出耶特家门时，奥尔加奶奶像是被一群恶魔追着似的，从我们身边狂奔而过，似乎都没注意到我们。

"奶奶！"我大喊，但她只是略微侧身，挥挥邮差包，就跑远了。

"她这是怎么了？"阿林娜很惊讶，"她之前对我们一直很好啊。"

"她这段时间过得不太好，"我说，"觉得孤单寂寞冷。"

我们像锡兵一样站成一排，看奶奶匆忙的身影消失在下一条支路上。

"为啥呢？我以为她的生活一直很丰富多彩啊，肚皮舞啦，那些闺蜜啦……"阿林娜皱起眉头。

"没错，但她们经常放她鸽子。"

"可怜！"莱奥妮叹道。我们快步向前时，她呻吟着解开了白色牛仔的第一颗扣子。都是她刚刚干掉的那么多块蛋糕的错。"还是我们好，彼此之间不会老放对方鸽子。"

"我妈觉着我奶奶找个男人比找她那些闺蜜靠谱，所以她就该去发现第二春。"我边说边绕开一群狗。

"第二春？"阿林娜咻咻地笑。

"**第二春**？"莱奥妮鹦鹉学舌，表情扭曲。这才是莱奥妮啊。她这个人在这种问题上特害臊，什么事情只要和亲热、打啵儿沾边，她就觉得恶心。

"可不是么，第二春，"我表示肯定，"但我不明白……昨天她还嫌男的惹人厌，今天她就跟我说，看见在春天到处都是的情侣们，她会羡慕嫉妒恨。"

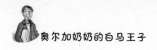

"可怜！"阿林娜叹道，"听起来她陷入了危机，陷得还很深啊！"

莱奥妮哼了一声。"我也会这样的，要是我非得谈恋爱的话。还是跟一个雄性生物。"

"那你对雄性生物到底知道多少呢？"阿林娜扑哧一笑。

"比你想得多！"

阿林娜和我于是偷笑。我们的这位朋友有一个继父，他还有一个儿子，但莱奥妮对男孩的了解还没有对蚯蚓的了解多呢。

我们在下个十字路口和莱奥妮告别，然后我和阿林娜走去公交站。因为她那趟七分钟以后才到，所以我就陪她打发一下等待的时间。

"莱奥妮有时候实在很奇葩，你说是吧？"阿林娜说，"谁也不会对着世界上发生的每一个吻犯恶心啊！"她的头跟遥控似的转来转去，一头红发随之在风中飘扬。我顺着她的目光看去，只见一个跟我奶奶差不多大的老太太和一个头发白了的老先生，正在专心致志地接吻。"好美啊！"阿林娜感叹道，眼睛闪闪发亮，"肯定是真爱了！"

我点头，突然萌生出一个愿望：希望奶奶也能再有一次这样的经历。这样她无论如何都不会那么孤单了。

"米娅，你说，"阿林娜的声音像是从很远的地方传来，"会怎么样呢，如果我们给你奶奶……"

"……找个男人？"我接过她的话。

"我刚要说的就是这个！"阿林娜笑了，"你真是知道我在想什么！"

"最好是个不折不扣的白马王子。"我补充道。

"可我们该怎么做呢？"她认真地追问。

"嗯……"我搜肠刮肚了一会儿，"我们得想出一个作战计划来。说不定耶特和莱奥妮也愿意一起？"

阿林娜熟练地踢着身边的小石子。自从学了足球，只要不是正儿八经用钉子钉好的门，她都要对着练几脚。"耶特绝对是跟我们站一边的，莱奥妮呢？你是不是忘了，她对打啵啊亲热啊诸如此类的都讨厌得不行？"

"那我们就更要说服她了！"我看到阿林娜那趟公交已经拐弯过来了。

"而且问题也不在于这些东西，而在于让奥尔加奶奶不再孤身一人。"阿林娜指出。

"对。反正到时候亲嘴跟莱奥妮又没关系。还是留给奶奶到枝形吊灯的粉红灯光下面去做吧。"

我们嬉笑了一阵，直到阿林娜不得不上车。车子开走了，我还在那儿站了一会儿。栗子树嫩绿色的叶子在风中颤动，我感觉自己再也不是那个铁石心肠的米娅了。至少当我想象奶奶和一位英俊的白发男子坐在丝绒沙发上的时候，肚子里会变得暖洋洋的。不管他们是亲来亲去还是仅仅喝喝茶、对生活进行哲学思考，重要的是，奶奶又可以拥有真正的生活了。

又见克兰菲德先生

对于给奥尔加奶奶配个白马王子的主意，耶特表示大力支持。而且这件事如果五月不做，什么时候做呢？五月就是恋爱的黄金月份，不论你是十一岁的少年，还是步履蹒跚迈向八十大关的老人。

"这事儿要是成了，"我们芭蕾课下课上了公交，耶特欢呼雀跃，"我们就要上天啦！还是光速！"

"要莱奥妮说更像是一只脚踏进地狱了。"我叹了口气。

不出所料，当我在课间休息的时候跟耶特和莱奥妮阐述了"白马王子大作战"计划以后，她的反应就很诡异，好像我们是变态，要赶紧送去心理医生那儿一样。

"我们一定能想出法子说服她的。"耶特说。

我希望这不是说说而已，因为她看着像是如果莱奥妮不入伙，她反倒会偷着乐似的。她俩动不动就爱吵上几架，每次都成了我的心头刺。我一点儿不喜欢朋友之间吵架，而是希望我们四个能够和谐相处。"实在不行，我们就把她换成索菲娅或者学霸克里斯蒂吧。"

"你疯了？怎么能随随便便换人呢？把朋友换掉就更不行了！"

"开个玩笑嘛。"耶特说，把她的金发甩过肩膀，结果立马招来坐在我们后排的男生的破口大骂，因为他被耶特的"金发飞毯"糊了一脸。耶特吓得道歉都快没声了，转头就跟我耳语："他可不该这样。重要的是我的头发好着呢！"

"那我也不要吃一嘴你的头发。"

"我的头发全世界最好看！同样是吃一嘴头发，再找不出比我的更好的了。"

耶特差不多要笑死过去，我倒不觉得这有多好笑。今天下午克兰菲德先生又要来给我补习数学，这对我来说就像胃里滑进一块绿色的肥皂。如果我们今天又是纯听天书，搞得他除了周复一周直到我们的生命尽头都要把一模一样的那么点东西翻来覆去地讲之外别无他法，会怎样？那将是一场酷刑，无论对他还是对我们。

不久之后，我们被雨淋了个透心凉，跌跌撞撞到了家里，这时克兰菲德先生已经到了。他在厨房里，和我妈还有奶奶坐一起，往咖啡杯里加了三块方糖。

"我的学生们总算来啦！"他高喊，满面笑容，好像看见我们高兴得不得了一样。换了我是他，看到学生们这副德行肯定要大哭一场。不过他大概就是经得起打击吧。

耶特和我从湿得彻底的鞋子里挣脱出来，奶奶和我们告别，上肚皮舞课去了，然后我们一边摸索着套上长筒袜，一边跟着老师走进爸爸的书房。那杯加了很多糖的咖啡也被带上了。可能是为了提神——要是我们又把他逼疯的话。

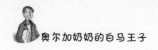

"过得怎么样？"他问道，我们则像待在杆子上的鸡一样，不声不响地并排坐在爸爸那张凌乱的书桌边。他坐在我们中间，因为空间有限，而将咖啡杯压在爸爸的日程表上。

"就那样，"耶特小声说道，"跳芭蕾很累的。"

"但也肯定很美，对吧？"

"是啊，芭蕾最大，"耶特接着说，"只是跳完芭蕾人已经精疲力竭了，人一旦精疲力竭，脑细胞就不能正常运转，特别是做数学需要的脑细胞。"

"什么！你们的脑子本应该供血充足，准备清醒地迎接数学呢。"他发出轰隆隆的笑声，我们也配合地跟着笑了一轮。尽管我脸上笑得开心，但它给我的感觉一点儿也不好。准确地说，什么都不能让我感觉好一点儿，除了躺床上和盯天花板。最多最多可以再算上写日记、整理我的蝴蝶收藏或是看书。

不过现在最该想的不是这事。克兰菲德先生把手掌搓来搓去，似乎乐在其中。他想要知道我们上一堂数学课学会了多少。耶特图省事，直接翻开本子，指着她草草涂抹的那些分数。

"喔，喔，"他的脸晴转多云，犹如五月天，一场大雨已经等着了，"看起来你在写的时候不太开心。"

耶特诚实地点头，而我问自己：这世上真有人能把乱涂乱画这些分数和过圣诞或者给自己买个新蝴蝶收藏之类的事看成一样好吗？

"懂了，"他回答，灌下一口咖啡，"你们痛恨数学，对不对？"

耶特点头，表情凝固。

"说痛恨可能有点儿过了。"我打了个圆场，"但一个人做不擅长的事情确实高兴不起来。"

"明白了，米娅。但是反过来讲的话，如果你们有进步，就可能觉得数学有意思了，是这样吗？"

"也许。"

"不是**也许**，是毫无疑问！"他拿着耶特的本子从后往前过了一遍，直到回到第一页，"我给你们一个建议：今天的任务我们先放放，一切从零开始。我希望你们在这方面建立坚实的基础。这很重要，它可以帮助你们理解其他所有东西。"

我耸肩。无论他何时又为何教给我们何物，数学是而且永远是数学：一座迷宫，藤蔓长得到处都是，让人看不清楚，野兽和讨厌的昆虫满地乱爬。

尽管这一切将一直令我反感下去，克兰菲德先生还是开始了讲解。节奏慢，有耐心，用词简单。每过几分钟他就让我们休息一下，向我们确认是不是都理解了。要是我们摇头，他就从头再来一遍，要是我们点头，他就让我们把刚才的内容用自己的话加以总结。有时候耶特先来，有时候是我，还有的时候我们轮着来。还想跟在学校里一样滥竽充数是不可能了。

我偶尔会瞟一眼我的朋友，就会发现她像个圣诞天使一样自个儿在那笑。她是觉得克兰菲德先生的山羊胡子、咖啡色眼睛以及罗马式鹰钩鼻特别好看吗？不过这也无所谓了，毕竟耶特和我刚刚见

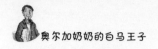

证了一个小小的奇迹。我们懂了！我从来没相信过，这座迷宫能够一下子被照亮，那些讨厌的昆虫和野兽会一点点消失。

四十五分钟后克兰菲德先生看了一眼表。"你们觉得呢？要不要最后再来两三个小测验？"

"好啊，"我勇敢地回答，耶特也破天荒地没有嘟嘴。

"很好。那就开始吧。"他在两张纸上写下一些分数，然后拿起那杯早就冷了的咖啡走到窗边，"你们也可以互相帮助。"他略微转向我们并建议道。

耶特和我交换了一个眼神——要在学校里我们早就抓住机会——但这次完全没必要。所有的东西我们都学会了，我们觉得自己就像数学小天才一样，分分钟就能算出这些题。

全对！我几乎没法相信。

不久之后我们陪他来到走廊上，妈妈在那里把钱给他。"看吧！"他对我们说，"说到底数学一点儿也不难，只是需要你系统地去解决它。"

"谢谢，这实在是太好了。"耶特行了个芭蕾的屈膝礼。我接着吞吞吐吐地说了句谢谢，不过没行那种可爱的礼。就算是刚发生了一个数学上的奇迹，也没必要太张扬。

跟克兰菲德先生道了再见，我就和耶特抱在了一起。很简单，我们太高兴了。

"哎？你们老师把你们搞得筋疲力尽了？"妈妈来逗我们。

耶特只是笑，我则在心里暗暗感激奶奶的建议。"如果'鼻涕虫'

老师上课也能把知识点讲解得这么清楚，那我们肯定不是拿一分，就是拿两分了。"

"得个三分我就已经很满足了。"耶特感叹道。

妈妈拍拍她的肩膀，像是要说：绝对会有的。然后妈妈开口了："我刚跟你妈妈通电话，你可以留下来吃饭。"

"诶，我一点儿不知道，"耶特惊讶地回答，"下次我也带你去我家。"

就在这时，卢卡斯房间的门开了，而我哥那一头深色的秀发像是慢动作一样出现在走廊。

"什么时候吃饭？"他问。要是我没搞错的话，他刚刚在很努力地往耶特那边看。而耶特呢，在他出现的时候马上低头盯着脚上红红的体操鞋看。我的猜测是，他们俩很可能已经好上了，但谁也不会承认的。

"大概半个小时之后。意大利面配番茄汁。"

"好，那我留下来。"耶特飞快地说完，在电光火石间看了一眼卢卡斯。哈！他们俩一个不小心，空气里就要火花四溅了。

到吃饭之前，耶特和我待在那条蓝白条的地毯上打发时间。我们先各自将今天课上的内容再消化一轮，觉得可以了，就开始比肚子。我的肚子是健康的白色，平平的，有一个小球般的肚脐；耶特的有点儿圆，是偏黄的米白色，肚脐陷在一个小坑里。

"我的肚子好看多了。"耶特这么认为。

"才怪。凭什么？"

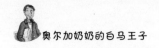

"你看过以前的油画吗？那上面的肚子就长我这样。"

也不对。我知道那些油画，那上面女人肚子上的肉松松垮垮的，就像我奶奶的一样，但我没兴趣争。安静了一会儿后，耶特边无意识地摸着她**完美**的肚子，边喃喃自语道："来打赌，我爸妈是不是又吵架了？"

"为什么这么说？"

"因为他们叫我在你家吃饭。"

"可能他俩也想过二人世界，做点儿美好的事啊。"

"接着做梦吧，蝴蝶小姐。"

尽管耶特吹她的肚子实在吹得没边儿，我还是俯过身去，摩挲着她的手。我又该说出什么冠冕堂皇的话来呢？**别这么放在心上？肯定会好的？时间一到，办法就来？**耶特的父母之间早就有开战的预兆了，某种程度上我很难想象，他们有朝一日能重归于好。

"你和你父母这样真好，"耶特转过头，透过她的发帘注视着我，"你可要珍惜啊。"

"有理。就是我的哥哥妹妹太讨嫌了。"我试图安慰她，虽然事实上我绝对不愿意失去这两个讨厌鬼。"是啊。"她回道，脸上终于泛出了一丝笑意。

"而且你的肚子还比我的漂亮呢。"我又添了把火。

"那当然，"耶特说。她特别坏心眼儿地掐了一把我的腰，然后大言不惭地宣告："不管怎么说我都是全汉堡肚子最漂亮的女孩！"

我们叫嚷得太欢，以至于没听到卢卡斯开门进来的声音，虽然

奥尔加奶奶的白马王子

只挪进来几毫米。等他咳了一声，耶特就沉默了，唰地把 T 恤拉了下来，脸红得像番茄。

"只是告诉你们，"我哥咕哝道，"就是妈妈说……饭已经摆上桌了。"

"谢了，卢卡斯，我们马上来。"

忽的一下他就没影了。我一边笑耶特一边心想，热恋中的人过得真是太不容易了！

奥尔加奶奶大作战计划

接着的一个周六，我们进行了首次"白马王子"计划碰头会。遗憾的是莱奥妮拒绝参加。其一，她觉得这种撮合很幼稚；其二，她宁可去看她兄弟恩佐的拳击赛。关于拳击的事很明显是个谎言。莱奥妮根本看不得这种野蛮的运动，每次恩佐带着被打坏的鼻子回家时，她都心如刀割。

可惜。我还指望她能在最后关头走出阴影，加入我们呢。原因很简单，其他事情我们一直都是一起做的。阿林娜和我一样惋惜，只有耶特认为是莱奥妮自作自受。

温度计的指针跃过了 20℃ 以后，我们就约在游泳池见面了。第一次穿泳装！第一次感到暖和的阳光落在皮肤上！第一次躺在草丛里，望着墨蓝色的天空，听鸟儿们比赛唱歌！我带了毯子和什锦果干，阿林娜给所有人带了苹果汁，耶特则是草莓，虽然看起来像是被人逼着不让熟一样。等我们充饥完毕，我从背包里掏出了纸笔，但耶特想先游会儿泳。

"吃饱了可不要去水里玩，"这话听起来已经像是我妈讲出来的了，"你还刚跟你父母去餐馆来着。"

"可上的菜只有一丁点儿大的烤鹅，酱汁都是泡沫。我一口都吃不下去！"

心疼耶特。耶特的父母每周日都要拉她去汉堡最高档的餐厅，这家也算在内，尽管给她吃一块简简单单的比萨或者一份薯条会让她高兴得多。

"行，快去吧。我们等你。"

"这话我还想送给你们嘞！"耶特威胁道，然后就穿着那套红色的泳装，蹦蹦跳跳地去洗澡了。

阿林娜和我在羊毛毯上舒展身体，望向天空，云朵像大腹便便的绵羊一样列队前进。这让我有点儿想到奶奶，不禁笑了起来。

"嘿，你们俩！有什么好笑的？"

我的头上出现了一片阴影，接着是第二片，最后来了第三片。真是搞不懂！是我们班上的打嗝先生卡斯帕、亨宁和奥利弗。就没哪次周末能让我躲开他们清净一会儿的！一般来说，男孩子已经够麻烦的了，而我们班这一帮呢，简直让人恨不能把他们塞进飞碟送往别的星系。

"跟你们没半毛钱关系。"我坐起身，拉起自己的条纹毛巾遮住还不存在的胸。上游泳课的时候，我穿泳装的样子早被他们看到了，但在这儿毕竟还是不一样。反观他们呢，在我们面前半裸着，笨拙地走来走去，似乎一点儿妨碍也没有，即使他们瘦成竹竿，苍白的皮肤下血管时隐时现，骨头支棱着像恐怖故事里的人物。

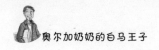

"我赌你们有秘密！"打嗝先生大喊。

"谁还没有秘密呢。"我镇静地解释。我透过睫毛看到，耶特正往这边走过来。看起来她只是把头伸到喷头底下稍稍弄湿了，至少她的衣服还跟几分钟之前一样干。"我们刚才在琢磨一个计划，怎么将我们班从一群半疯的傻小子手里解放出来。"一向都很腼腆的阿林娜出击了。自打开始踢足球，她比以前自信多了。

"那你们动作有点儿慢啊，"亨宁回敬道，"这个计划我们已经做出来了，不过是专门针对我们班那些半疯的傻丫头。"

阿林娜和我只能无奈地咧嘴，他们仨于是哄堂大笑。我们还在想怎么回击他们，耶特登场了。她趁男生们没注意，蹑手蹑脚地走到他们身后，等到她离他们只有半米不到的时候，她把湿淋淋的、很可能还是冰冰凉的头发一把甩到他们背上。

"呀！"打嗝先生一声怪叫，奥利弗和亨宁吓得往旁边跳了一大步，仰面摔进了树篱。

这回我们可憋不住笑了，而他们只得在我们的幸灾乐祸中退场。猫到我们背后偷听，掺和跟他们没关系的事情，这不是自作孽嘛。

我们多赞美了几句耶特（终于有用了一回）的甩头发之后，阿林娜问："你怎么没下水呢？"

"太冷了。"

"哈？"阿林娜指着耶特湿透了的金发。

我和阿林娜都想知道，既然如此，她干吗还要把头发放到喷头下冲得冰冰凉呢。

耶特跟淋湿了的面粉口袋似的，扑通一声落到毯子上，又把头往上伸长了几厘米，解释道："这么着再搁太阳底下晾干，头发就会变成正宗又漂亮的金黄色。"

"啊哈？"我并不理解。耶特的头发一直是金黄色，而且是相当金黄，比黄金还金黄！

"那你要是吃了蓝色的小熊软糖，头发就会变成天蓝色！"我拿她开玩笑。

"有可能哦。"

耶特举高了双腿细看，好像那是真正的影星的腿一样。说不定还真有那么点儿味道，但是我觉得它们像小猪仔那样粉粉的，而且很细。

"你要是在太阳底下再多烤一会儿，看起来就像烤鸡啦。"

"总比看起来像长了两条腿的绵羊奶酪似的要好。"耶特仿佛被刺到了似的回击。

"我们要不要先开始啦？"阿林娜催促道，"过一个小时我就要回家了。"

"好嘞，那么，奥尔加奶奶大作战计划，"我立马切入正题，"你们谁有想法吗？"

"我！"耶特喊，但同时也没有放弃对太阳顶礼膜拜。眼镜被她摘下来，插到头发里面了。"我们来一场'六十加选秀'吧。"

"一场什么？"阿林娜追问道。

"选秀，"耶特重复了一遍，露出一副好为人师的表情，"你

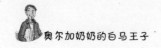

们肯定知道呀。比方说，歌手要上来唱歌，演员要上来演戏，模特要上来走台。"

阿林娜点点头，但很显然她跟我一样，还是没明白这和奥尔加奶奶有什么关系。

"我们当然不是招演员或者模特，而是招六十岁以上的男性，"耶特晃晃她潮湿的散发，"直到我们找着对的那一个为止。"

"听起来很不错，"我插嘴，"可实际怎么弄呢？我是说，这些男的从哪里来？"我私底下其实有些后悔，不能把当初在比萨店对奶奶抛媚眼的那个人从帽子里变出来。

耶特皱了皱鼻子，认真地思考了一会儿。两位泳池美女扭着屁股从我们旁边走过之后，她终于戴上眼镜，说："我们可以发个广告，叫他们到咱们家里来。到了以后我们再把他们搁放大镜底下细细观察，选出对奥尔加奶奶来说可以考虑的对象。"

"那谁来付广告钱？"阿林娜马上戳破了希望的肥皂泡。

"去家里绝对没可能，"我补充道，"爸妈不会理我们的！"

"你们讲得对，"耶特嘟囔，"那些人很可能就不想上我们这儿来。来也不可能心甘情愿。"她看起来如此垂头丧气，以至于她的头发在阳光下像是一不留神变成了绿色。

阿林娜努力看向远处，一群小孩正边叫边玩球。"等等……"她激动地打了个响指，"我们在街上跟那些人谈怎么样？"

耶特猛地回头。"你敢吗？"

"应该吧，我是说，不止我一个，而是和你们一起……"

这主意说不上好，但也不算太坏，怎么着也比耶特的强。

"那我们需要一张奥尔加奶奶的照片，"我想了想，"用来引那些人上钩。他们总得知道他们是跟谁约会吧。"

"这个你应该好弄到吧？"耶特问。

"对的。"

我们家里奶奶的照片估计一抓一大把：在市里溜达的，晒日光浴的，被好姐妹们众星捧月的。

"你今天能弄到吗？那样我们明天就可以先开始兜一圈了。星期天路上肯定能遇到不少单身汉。"

"我试试，"我承诺道，"这个'六十加选秀'越早开始越好。"

然后我们就散会了。什么意思呢？耶特接着"漂金"她的头发，一边搜索草坪上的帅小伙；阿林娜在读一本言情小说；我呢，就是简简单单地闭上眼，幻想着奶奶的白马王子，他没准儿明天就骑着白马来了呢。

吃了晚饭，我急急忙忙地非要找出奶奶的照片来看，妈妈觉得奇怪，因为我一般都是草草过一遍上个暑假拍的照片，然后把它们往随便哪个抽屉里一扔，任它们发黄。

"做点儿数学不是更有意义吗？"妈妈问，"毕竟克兰菲德先生不能每天都来。"

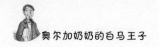

"我在泳池那边做过了，"我撒谎说，"和耶特还有其他人一起。"

"行吧，"妈妈叹了口气，"你要看什么时候的照片？很久以前的？"

"不是，要近照。"我回答，但同时意识到，老照片对男人们可能更具吸引力。

妈妈埋头在走廊的杂物柜里翻了几分钟，然后端出一个装得满满当当的鞋盒给我。"不知道里面都有什么，"她说，"你也知道，我不太会整理照片。"

这就是我妈！别人把照片贴到相簿里，漂漂亮亮、整整齐齐，我们这儿只有纸盒，里面照片乱七八糟混在一起。

我给了妈妈一个飞吻，就溜进自个儿屋里去了。今天走运，我妹不在房间里。当我鼓捣奶奶的白马王子计划的时候，全天下人里我一定最不想要莱娜在场。现在她霸占着电视，正看介绍动物幼崽的节目，这真是太好了。

我手上的第一张照片是三年前在波罗的海拍的，上面有莱娜、卢卡斯和我，接下来一张是妈妈穿着狂欢节的衣服，最后是一张泛黄的婴儿照片，主角是我爸（或者是我爸的爸爸？）。真是乱成一团！奶奶的照片一张也没有！为奶奶默哀，她在我们家明显是饱受歧视地熬过来的。要是再来个小宝宝，就根本不会有人注意她了。因此，贯彻执行我们的计划，给她配个好爷爷，就更重要了。我正对着这些照片生气，打算把它们塞回盒子里时，却又发现了一张。这张一定是很久很久以前拍的。那时的奶奶身形苗条，头发是不浓不淡的那种金色，肩上挎的不是邮差包，而是一个小巧玲珑的金色手包，和她金光闪闪的迷你裙很搭。那些老头儿保准喜欢，但我不能拿这张去。这不公平——不管是对他们，还是对奶奶自己。可不能到时候让他们站到如今身材丰满跳肚皮舞的奶奶面前被吓着了！

妈妈从门里探出头来。"哎？找到你要找的东西了吗？"

"没。没特别好的。"

"你干吗不干脆打电话给奶奶，问她能不能给你看看她那儿的照片？"

我想着千万不能让她知道白马王子计划，哪怕一丁点儿也不行，于是大声答应："我去问。"

妈妈已经准备回去了，这下她反而把门拉开了一点，怀疑地问道："好米娅，你是怎么啦，这么想要奶奶的照片？"

"啊，就是……"我踌躇了。这听起来大概怎么也不算有说服力，因为妈妈正咄咄逼人地打量着我，像在审问一样。我敢说，在我给出明白的理由之前，她是不会善罢甘休的。"是这样，"我一字一顿地说下去，"谁也不知道奶奶还有多少日子。"

天才的理由！我在心里拍了拍自己的肩膀。

妈妈微微晃了晃头。"这谁也不知道。不过你这么喜欢奶奶很好。"

对她撒了谎，我这会儿实在有些良心不安，但最终的目的是好的呀。

"妈妈，你的肚子怎么样啦？"我问她，大概是为了弥补一点

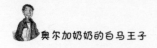

撒谎的罪过。

"你是说，我怀孕的感觉如何？"

我点头。

"好极了，"妈妈微笑着说，"我不犯恶心，也不会突然饿得慌，一切正常。"

我又点头，这次跟机器人似的。虽然对于这个小东西，我始终高兴不起来，但知道它情况不错还算让人开心。

"要不要感受一下？"没等我回答，她就把她一直还很平坦的肚子挺了过来。

"明明看起来很正常啊！"

她拉着我的手，放到那个还没名字的小家伙正在成长的地方上面。"你等着吧，小宝宝生下来以后，"她低语道，"你一定会非常高兴的。"

下一秒她就静悄悄地闪出房间，留我如鲠在喉。妈妈什么时候还会读心术了？她是怎么知道，我其实一直不是满心欢喜等着宝宝降生的？

为了想点别的东西，我抓起听筒，给奶奶打电话。滴，滴，滴——像是没有尽头，终于，奶奶接了电话。但她嘻嘻哈哈地在那笑，传到我耳朵里又傻又吵，我几乎都听不清她自报家门的声音了。

"奶奶，要我给你找医生吗？"我对着听筒高喊。

"我的小蝴蝶呀，是你吗？"

"对！我！米娅！"

"等我一下。"

我听到窸窸窣窣的脚步声，杂七杂八的说话声，接着又是窸窸窣窣的脚步声，奶奶回来了。

"有客人吗？"我问。

"是，我朋友在。所以我现在说不了太久。怎么啦，小蝴蝶？"

"我是想问问，你能不能……能不能给我一张你的照片。"

寂静。只有奶奶的呼吸声穿进我的耳朵。"一张照片？"她复述了一遍，如同提到的是某场内战中的一份机密档案。

"对！最好明天中午就给我成吗？"

"我说，我可什么也听不懂，"奶奶哼哼说，"你大半夜打来电话，问我要一张照片，十万火急？**为什么？**"

如果我没搞错的话，奶奶这会儿是有点儿生气了。

"因为……对不起，奶奶……但我上学要用。"亲爱的上帝啊，求求你不要让我因为说谎下地狱入油锅！

"好了，米娅。那明天过来吧。但是别在十二点之前，听见没？"

"谢谢奶奶。"我用自己最甜蜜的孙女腔吐露谢意，随后祝她和朋友玩得开心，度过一个超级棒的夜晚。

睡前，我迷迷糊糊地在日记里写道：

不知怎的，奶奶最近很不对劲儿。笑个不停，动来动去。另外她什么时候要睡到中午十二点了？我一直以为，老年人大

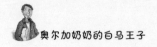

清早就会下床，这样他们就有更多时间犯无聊了。

没准儿是荷尔蒙的缘故（妈妈一直这么说）。或者是春天的错，谁知道。无论如何，阿林娜、耶特和我是时候开始了。至于怎么做，我是不会写在这儿的。万一哪个人未经允许偷翻我的日记……

晚安，亲爱的波点封面！

酒糟鼻公司

第二天早上，我一起床就告诉另外两个，下午可以开始首轮选秀了。接着我往夹克兜里塞了根香蕉，就着急忙慌地往奶奶那去。还好妈妈在浴室，不知道我没好好吃早饭，否则估计她会好好对我进行一番思想教育。她很确信：要是这三个小的走出家门前没有可可还有混合麦片充电，到下个街角就会因为饿得不行而断电。

我正要出门，莱娜问："我能跟去吗？"

"一定要跟吗？我就是取个东西，很快回来。"

"有什么关系嘛。"她从下巴上抠掉一点鸡蛋渣，弹到地板上。

"得，那就来吧。"我让步了，可一出门我就后悔带上她了，因为就在这时她开始对我打破砂锅问到底。你要找奶奶拿什么？照片？为啥？干吗用？你不是清楚奶奶长什么样的嘛！说，你要拿它干啥？你肯定是许诺了什么，是这样对不对？

如果再来一个小妹妹，像莱娜这样磨人的，得成什么样啊！八成能把人累死。"现在给我老实点儿，"我训她，"什么时候允许你对我这么穷追猛打了？"

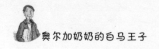

"没，不过你也没不许啊。"

"那我现在就不许了。"我回道，一边加快了速度。

"噢，米娅，求你了！"莱娜啪嗒啪嗒地踩着她那双红色的木屐，跟在我后头，"求求你！求求你！求求你！"

我早该想到的。我一日不将白马王子计划泄露给她，她就一日不会罢休。尽管如此，因为她跟这事儿八竿子打不着，我也不想在行动结束之前被她黏着，我就把跟奶奶说的谎搬来再试一遍。

"哈，哈，'这照片我上学要用'！"她尖声说道，"简直是个笑话！"

我完全不打算上谎言二号了。我说："这样吧，莱娜。你要是不问了，就有冰激凌吃。"在没把握的情况下，对付她只能用敲诈勒索。

"冰激凌？"她的眼睛眯成了一条缝，"我用自个儿的零花钱也能买。"

"听我说，"我搂了一把她的腰，"我带你来已经够好了，现在也对我好点行吗！"

"成，那就一大份冰激凌加一袋小熊软糖。"莱娜迅速开价。我打赌她以后会变成哪个东方集市上的顶尖卖家。

"你就该被上交给'烦人姐妹'警察局。"我嘴上咒她，脚却迅速转向附近的售货亭，好去买她要的东西。可惜我的钱只够买一小份冰激凌，但至少能让这丫头消停会儿。

十二点零一，我们按响了奶奶家的门铃。没人开门。我们"叮

咚"了一遍又一遍，门后终于传出叮里哐啷的声响，奶奶穿着粉色
晨衣打开门。她的一头白发还半点儿没梳过，眼睛肿着，也没化妆。

"你们俩？"她问道，好像我们是鬼魂。

"对，我们俩！"我妹妹哧哧地笑。

"早上好，奶奶，"我说，"我们昨天约好了，我……"

"啊对！"奶奶的脑子似乎慢慢开始运转了，"你要一张照片……
照片……"

"对的，一张照片。"

"我们能进来吗？"莱娜问的时候已经从她旁边滑进去了。

"你还真睡着呢？"我不敢置信。

"不行吗？"奶奶嘀咕道，慢腾腾走进客厅，衣服系得牢牢的。

奶奶这儿一直有些乱，但今天这阵仗看着像是她和她朋友喝了
个昏天黑地。茶几上立着两只空的高脚杯，旁边倒着一只葡萄酒瓶，
揉成一团的纸巾中间是一个托盘，上面吃剩的寿司微微晃荡。

奶奶抱歉地举手。"昨天太晚了些。"

"我们马上就走。"我连忙表示。

"照片是吧。"她想起来了。幸亏她没转头就忘了我是来干什
么的。

"我要不要去你卧室的五斗柜那瞧瞧？"莱娜吃着冰激凌，棒
子掉到了吃剩的寿司中间，她正在清理现场，便想到毛遂自荐。而
奶奶直接抓起她T恤领子，嗖地一下把她甩到沙发上，对我也是如
法炮制。于是当奶奶风一般地从这刮到那时，我们挨着坐在沙发上，

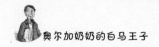

无所事事。她到这边拽开一个抽屉，到那边跪在写字台前面，就连窗帘后面她都要看一眼，好像那儿是个存照片的好地方似的。客厅里一张照片都没找着。

奶奶摇晃着胳膊，不知所措地看向我们。我觉得这么折磨她都有几分过意不去了。眼下她估计恨不得躺回床上，睡她的醒酒觉。

"奶奶，你要是找不到……"我迟疑地开口，正好在这个时候，她突然灵光一闪。

"奥尔加呀，你怎么记性这么差！"她骂了自己一句，"昨天你才把表演的照片洗出来呢！"她小步跑回卧房，一会儿就拎出一个照片袋子来。

"喏，"她把袋子塞到我手里，"挑一张吧。挑个两三张也行。"

我三两下把照片分类，简直不敢相信自己的眼睛：所有照片上都是穿着肚皮舞演出服（缀着亮片的胸罩，同样缀着亮片的热辣短裙）的奶奶！在灯光暧昧的健身房！看上去诱人又梦幻！这样的照片可能非常有吸引力，但问题在于，我们能不能用这些照片引来对的人。

"你不喜欢这些照片？"奶奶的眉头拧在一起。

"没有啊，它们很好，只是……"

"对不住。别的我没有。"

"但是你知道的吧，我要这些照片上学用？"我又搬出了前一天说过的谎言。她只要稍微细想一下，就肯定能找出一张照片，上面的她不是偏偏穿着亮片演出服，而是穿着别的能把身体大部分遮住的衣服。

不过她看起来根本没兴趣再想这种事，还怪我："见鬼，那你把下半部分给裁了！现在——呔——都给我出去！我还要接着睡呢！"

感觉过了十分钟吧，我和妹妹又来到了楼下，站在街边，面面相觑。奶奶到底怎么啦？莱娜认为她可能是早饭吃坏了。是这样才怪嘞！要我说吧，这里面有鬼。

耶特、阿林娜和我在池塘边碰面的当天，太阳从一片灰尘扑扑的云层中挤了出来。这样挺好，耶特又可以把她的头发自然"漂金"了，阿林娜和我的苍白脸色大概也能有所改善。

我遵照奶奶的建议，把照片中尺度比较大的亮片演出服部分给剪了。尽管照片的样子有点儿难看，但我希望如此操作后，男士们就不会被它吓跑。毕竟还是奶奶的脸说了算——她那闪光的眼睛，标致的牙齿。

可惜耶特看到照片时并没有爆出欢呼，反而觉得奶奶绿色的眼影和轻佻的眼神令人非常尴尬。阿林娜没有发表评论，因为她突然低血糖，必须紧急补充葡萄糖。没过多久，等她缓过来了，就跟我们说，莱奥妮给她打电话表示自己也想入伙。

"真的？"耶特和我异口同声，当然耶特的"真的"听着更像"切，鬼才信！"说不定这只是我的幻想吧。

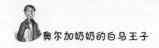

　　反正我是高兴坏了，莱奥妮又回到了我们这边。没有她，我们的闺蜜四重奏便缺了个人。五分钟后她就"姗姗来迟"了，而我们都表现得像是一切正常。

　　"行，那我们可以开始了，"我发出信号，"谁去跟他们搭话？"

　　"我们轮着来，"耶特提议，"这样绝对公平，不是吗？"

　　我和阿林娜点头，只有莱奥妮看着像是觉得，必须跟老头搭话让人不太高兴得起来。

　　"你要是不乐意，也不是非得去，"我插了一句，但是莱奥妮又噘嘴又咬唇，嘟哝道，"没，没，可以的。"

　　"那就来吧。谁想第一个拥有这位'梦中情人般的奶奶'，他在哪里呢？"耶特双手作望远镜状，像个海盗一样，搜寻潜在的猎物。可是不论她怎样眯起眼睛，就是一个男人也看不到。连个人影都没有。我们第一轮穿过公园只碰上一家人、一个推婴儿车的青年男子和一对热恋中的小情侣。今天似乎所有单身的"梦中情人般的爷爷"都待在家里了。

　　"女孩们，这样不行，"耶特站在原地擦眼镜，"我们想想……年纪大点还没伴的男的，周日下午会干吗？"

　　"去看脱衣舞！"阿林娜窃笑，结果马上被莱奥妮骂了一通。

　　"他们无论如何都要躲开这个公园，就跟魔鬼躲圣水似的。"我叹道。

　　"等下！"莱奥妮一打响指，"他们八成都在打拳击的地方，就跟我继父和恩佐一样。"

"有可能，"耶特说，"但是这对我们来说一点儿用没有。"

"要是我们到几家酒馆里找找呢？"阿林娜说出她的想法，"那儿到处坐着男人，喝啤酒啦烧酒啦。"

显然阿林娜说得对，但我就是很难把哪个喝醉了的家伙和奶奶的白马王子对上号。一个酒气缠身的浪荡子可配不上她。幸好另外三个人跟我意见完全一致。既然是白马王子了，当然得货真价实。

耶特认为我们该在奥斯特大街试试看。男人们大抵是不会站在茂盛的灌木、变绿的树丛和叽叽喳喳的鸟儿中间的。他们需要的正是汽车和尾气，这样才能感到自在。

就算事情不全是这样——我爸就是个十足的热爱自然的人——我们也动身去做了。还没走出几米，我就猛地站住了。那儿！那是我梦想中的男子！或者不如说，但愿他是奶奶梦想的那种男人。宛如一位电影明星，从一丛灌木后面走出来，白发如波浪般飘垂，脖子上潇洒地系了一条丝巾，他挥动着一根优雅的手杖，面带微笑。那双绿松石色的眼睛光彩熠熠，如同加勒比海。正中红心！

"蝴蝶小姐！"耶特尖叫道，一边激动地捅我腰眼儿。看起来我们俩想到一块儿去了。"想第一个上吗？"

当然不，但这回事关奶奶，如果临阵脱逃就太愚蠢了。

"那好吧。"我喃喃自语，发现自己双手汗湿。与此同时，我突然想到自己忘了很重要的事情，不禁头皮一炸。"我到底该怎么和他搭话？"我绝望地尖声问我的朋友们，而那个人正不断走近。

"什么？你们还从来没考虑过怎么搭话？"莱奥妮很愤怒，"那

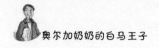

我算摊上麻烦了！"

"我们不过是还没来得及，"阿林娜辩护说。但我也觉得，我们只是凭空想出个计划，而没有将它从头到尾推敲一遍，实在是愚蠢至极。

我想得心急火燎，紧张兮兮地喘着气，挤出来一句："**我在给我奶奶找对象，也许您有兴趣？这样行吗？**"

"老天爷啊，不行，傻瓜听了都会尖叫着跑走的！"莱奥妮驳斥道，"你干吗不说你奶奶在找人陪她去剧院？"

这世界要是没了莱奥妮和她的灵光一现得成什么样啊。

透过眼睫毛，我看到阿林娜和耶特也点头赞成这个主意。这时，那位年长的男士迈着坚定的步子向我们走来，发出低沉的声音："不好意思，请问去池塘怎么走？"

"呃……您还得直走，到那后面再左转。"我结巴着回答，抢在语言中枢突然睡死过去，使我再也蹦不出一个字之前。

"感激不尽。"他径自走了，而我在心里打了自己好几下耳光。简直了，我这人还有救吗？仿佛放在银盘子里端上来的机会，就这么被我错过了！

谢天谢地还有莱奥妮在。即使她一直在男女之事上扭扭捏捏，有些时候，她的机灵劲儿能把耶特、阿林娜和我加起来都比下去。我的脑子还没清醒，她就踮起脚尖儿喊道："哎，请您留步！"

那位拥有绿松石色双眼的"电影明星"放慢了步伐，手杖往沙子里一戳，转过身来。

"您到这前面就往左转更好，"莱奥妮如同交警一般挥舞着双臂，"否则就绕路了。"她同时不着痕迹地踩了我一脚，大概是为了提醒我赶紧把奶奶的照片交出来，但我还是处于瘫痪状态。

"多谢。各位真是好孩子。"

"乐意效劳！"耶特笑得比蜜甜。"我们还有个请求，或者该叫一个问题。"她以迅雷不及掩耳之势从我手中抢过照片。"我朋友的奶奶，"她说下去，一边指着我，好像我没法说话似的，"在找人陪她去剧院。"

"嗯哼？""电影明星"咕哝了一声，浓密的眉毛上扬了一厘米。

耶特点头如捣蒜。"我们一看见您，就晓得了：您真是完美！是陪伴奶奶的不二人选！"

"陪伴奶奶的不二人选。"他重复道，嘴唇几乎没动过。可惜他看着一点儿也不心动。

"对，没错！"我插进来说。

"那我恐怕……"他磨磨蹭蹭地清了清喉咙，按摩着自己的左耳，"非常感谢你们能把我纳入考虑范围，不过……不了，谢谢。"

"您先看一眼奥尔加奶奶吧！"耶特态度坚决。她差不多是孤注一掷地在挥动着照片。

然而那位英俊的"电影明星"根本没有费神去取他的老花镜，而是回答："对不起，孩子们，我还有事。"

"如果您是因为不想去剧院而拒绝，"我做出最后的挣扎，"我奶奶也喜欢看电影。还有大自然！还有坐轮船！而且她是一位孤独

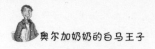

的肚皮舞舞者！"

那位男士冲我们微笑，眼神坚定真诚。"你们很可爱，但我得承认我已经心有所属，不能许之他人。不过还是祝这位奶奶安好！"他朝我们眨眨眼，就匆忙离开了。

"真倒霉。"我嘀咕道。

"可不，你们就这么深信不疑，随便遇上一个就能成啊？"莱奥妮横插一脚。

"没想到，"我沮丧地说，"他至少可以看一眼照片吧。就算他已经心有所属了。一个完美的奶奶可是没地儿找的。"

耶特和阿林娜都和我想的一样，只是眼下这毫无意义。我们垂头丧气地继续走向奥斯特大街。但就算在这儿，年长的单身男士也是稀缺货色。有一次是个无家可归的人，推一个鼓鼓囊囊的购物车，从我们旁边拖着脚过去。还有一次是个酒鬼，踉踉跄跄，迎面向我们走过来。这两个人吧，我都不想委屈了奶奶。下一个路过的呢，模样倒是挺正派，也没喝得酩酊大醉，但估摸着也就二十五岁，跟奶奶比太嫩了些。

"我就不信了！"阿林娜叫苦道，"全汉堡就没一个男人想跟你家奶奶谈恋爱的吗？"

"周末路上估计只有一家子人或者喝醉酒的会出来吧。"我试图做出解释。

"对，"莱奥妮表示同意，"我们就该等周一到周五再试试。那时候肯定运气更好。"

　　莱奥妮讲这话很贴心，但我觉得她不过是想安慰我。或许这个白马王子计划同异想天开的白日梦也没什么区别。

　　没过多久，我们等红灯那会儿，耶特忽地高声宣告："你们站稳了听好！我有了！**我有了！**"

　　"你有**什么**了？"我追问。

　　"灵感！**灵感！**"

　　耶特八成是今天早饭吃坏了，什么话都要说两遍。

　　"那就说出来！"莱奥妮催她。

　　"看到那些车了吗？"

　　"嗯，看到了。"

　　"注意到什么了没？"

　　"咦？"莱奥妮说，不过就算是我，也不知道耶特的脑子里刚刚发生了什么。

　　"大多数车子里坐的都是……男人！"她迅速为我们揭晓，"孤独的，求爱若渴的男人！"

　　"你想跟他们讲话？"阿林娜听上去很担心，"在这儿，红绿灯下面？"

　　"对头！"

　　"万一他们正好要开去老婆那儿呢？"我不同意，"啊！或者去情人那儿！"

　　"那就算我们倒霉咯。"

　　有一阵子，我们注视着车辆飞驰而过。没人吭声。阿林娜始终

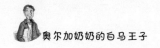

提心吊胆地望着那边，莱奥妮下意识地揉搓自己的嘴唇。

"别这么一副傻样！"耶特为我们鼓劲，"我们至少得试一回吧。"

"但红绿灯跳得可快了，"莱奥妮思索着，"才这么点时间，说不定我们都来不及把那套说辞背完、把照片拿出来。"

"要不要我证明给你们看，这样行得通？"耶特问。

"这不是很危险吗？"阿林娜插嘴道，"我可不想谁从你身上碾过去！"

"你们注意着我这边就行了。"耶特笑了，好像这一切不过是个大点儿的玩笑。随后她伸出手要东西。"照片，蝴蝶小姐。拿出来。"

我心不甘情不愿地把照片给了她。奥尔加奶奶，涂着艳绿色眼影……真是太好了，我爸妈不知道我们在搞什么！他们肯定不许我们这么乱来。

开弓没有回头箭。耶特已经跳到斑马线上，紧张地盯着一辆艳绿色的敞篷车，司机有点儿年纪了，头上的棒球帽拉得很低。距离关系，他看上去和白马王子并不完全吻合，但妈妈说过，爱情中还有比外貌更重要的东西。

耶特已经杵在驾驶席边，梆梆梆地敲车玻璃。算我们走运，那个人很快把窗户摇了下来。

"她做这个可溜儿了，"阿林娜在我耳朵边嘀咕，"好像上课时学过一样。"

阿林娜是对的。就算"在红绿灯下跟男人搭讪"这门课并不存在，估计也永远不会存在，但耶特在这方面就是显得天赋异禀。我们虽然听不清她说了什么，但她的肢体语言和头发的甩动都意味深长。现在那个男人说了什么（我们也听不太清楚），然后耶特就迅速穿过斑马线回到人行道上，绿灯一亮，那辆甲壳虫呼啸而去。

"哎？他说什么了？"阿林娜问。

"他结婚了，要是掺和这事他老婆会不理他的，"耶特一副遗憾的表情，"他还觉得你奶奶的照片很火辣，眼影除外。"

"总得挑根刺出来。"我回她。话虽如此，我也清楚，奶奶的好那是没话说的，但就算这样，我也不能百分之百地预见她在男人当中有多受欢迎。

"可惜了，"阿林娜感叹，"我可一点儿没觉得他有多坏。"

"他可在架子上放了一顶长成那德行的针织帽，"耶特很不满，"可能是用来代替手纸的吧。"

我们相视大笑。那些开着车兜风、车上还要放手纸的男人，大概配不上我们火辣的奶奶。

这个下午我们又搭上了四个人，但他们个个是草包。莱奥妮搭上的那个人爱弹舌头令人生厌，阿林娜的那个骂她脑子有问题，我的这个嫌奶奶太老。耶特找的第二个则认为，我们能这么为奶奶张罗很好，但正因如此，最好不要在大马路中间晃悠，这是拿命在冒险。

"今天就这样吧，"最后一次被拒后，我做了决定。尽管我们不过是到红绿灯下跟几个傻子聊天，我也落得如此筋疲力尽，像是爬了趟乞力马扎罗山①。

———————————

① 乞力马扎罗山（Kilimanjaro）是非洲最高的山脉，最高峰将近六千米，山顶终年白雪覆盖。

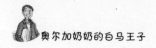

"我们就是要多些耐心，"耶特说着，边把一头金发弄平，她的头发因为之前甩了太多次变得乱糟糟的，"没准儿明天就遇上一个全中的呢！"

"明天我不行，"莱奥妮表示，"我要带霍斯特去看医生。"

霍斯特是莱奥妮养的豚鼠，她喜欢得不行。但最近这个小家伙的毛下面有一块看着很可怕。我实在不希望这是什么严重的状况，严重到让霍斯特一命呜呼。这太悲哀了。天可怜见的莱奥妮啊，她已经经受过一次这样的打击了，那只豚鼠她也是一样喜欢，结果死了。

"不然我们明天休息一下好了，"我提议，"我得赶紧背背英语和法语单词了。"

"我也是。"阿林娜说。

耶特投了我们一票，但她还建议我，从现在起将奶奶的照片随身携带。不怕一万就怕万一。举个例子，万一我在去学校的路上或者超市里碰见白马王子呢？

我们在书报亭买了几颗魔鬼软糖作为对自己的奖励，然后走回家去。

"哎哟喂，"耶特突然大叫，"我们忘了一件事！"

"咋了，什么事？"阿林娜问。

"要是哪个男的真的想跟奶奶认识，我们怎么说？"

"你们真的太不走心了！"莱奥妮很火大，"难道你们就没有一件事是仔细考虑过的？"

"唔。"阿林娜不太舒服，她觉得有点儿尴尬。

"蝴蝶小姐？"耶特不耐烦地扯我的袖子，"你有想法吗？"

"你要是这么叫我，保证没有！"我回敬道，同时调整了一下蝴蝶发夹。

"如果我们直接把白马王子请到你奶奶家里呢？"阿林娜思索着。

"你疯了？！"耶特凶她。

"为什么不行？"

"我要是奥尔加奶奶就要打人了！想象一下，她头上还顶着发卷，这时候门铃响了，外面就站着她的白马王子！"

"她倒是不用发卷啦，"我说，"不过你讲得有几分道理。"

"只剩下一种可能性了，"莱奥妮讲出心中所想，"我们得把那个人约到一个咖啡厅或者餐馆里，再找个借口把你奶奶引到那儿。"

就是这样！其他的都是瞎折腾。莱奥妮瞟了眼表。"哦，我得快点儿了。我的公交车马上……"她话讲到一半，跟着了魔似的瞪着路易斯咖啡馆，我们正经过那里。"什么情况！"她哀号道，仿佛有外星生物坐在那儿聊天喝咖啡。

"这有什么好看的？"耶特好奇地往她那挤。阿林娜和我也不例外，我们踮起脚尖儿，试图越过她们俩的头往里看。

那个"电影明星"！他坐在一块蛋糕前，牵着另一个男人的手。

"他对你奶奶没兴趣真是一点儿不稀奇。"我听见耶特偷笑。

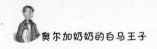

在理啊！不是因为奶奶的眼影，我还有点儿小窃喜呢。

我还在看新奇地打量另一个男人，没想到"电影明星"咔嚓一下转过头，直直看向我的脸。抓个正着！我恨不得原地蒸发，但令我惊讶的是，他只是对我们眨眨眼扮鬼脸。

"他想干吗？"耶特很惊讶。

"我看我们还是进去吧。"阿林娜耸耸肩，说。

"我可不要！"莱奥妮说，"我不进去。"

"为什么啊？"我问。

"因为我妈不允许我和陌生男人来往！"

我们又叽咕了一会儿，就在这时门开了，"电影明星"踏过门槛。莱奥妮下意识地退后一步。

"想一想，孩子们！"他春风满面地喊，"我刚跟我男朋友说起你们。这不是奇了吗？"

"是啊，真是奇了。"耶特说着，脸上的表情却是"一点儿也不奇怪"。

"你们不想进来喝一杯热可可吗？我是一定要请你们一杯的。"

"不了，谢谢，"莱奥妮小声说，"我要回家。"

"我也是。"耶特和阿林娜齐声说。

"是啊，已经不早了。"我跟着说，虽然我觉得跟那位"电影明星"和他的挚爱一起喝杯可可绝对有意思。当然我和我的朋友们也不会被允许接受这样的邀请。

"可惜了，"他的嘴角失望地耷拉下来，"不然下次呢？"

"好啊。为什么不呢？"我回答，其他三人僵硬地点头。

"还有，我男朋友刚刚出了个点子，可以让你们找到人陪奶奶。"

"是吗？什么点子？"我问。

"你们最好贴个广告。"

"太贵了。"我否决。

"怎么啦，你们可以手写几张，往红绿灯上、树上贴啊，"他挤挤眼睛，"要是这样都找不出一个人来配你们的漂亮奶奶，未免也太可笑了。"他向我们和奶奶致以最真挚的祝愿，就折回咖啡厅里去了。

"他可真好！"阿林娜崇拜地说。

"他的点子也很赞，"耶特表示同意，"你觉得呢，米娅？"

"嗯，不赖，"我努力地思考着，"就是有个小麻烦。我认为把奶奶的电话号码写上去不太合适。"

"那就你的。"耶特露出一副绝顶聪明的表情建议道。

"这样好一点儿，"我接着想下去，"但就有一种情况很麻烦：我正在奶奶那里，这时那位未来的白马王子打过来了。"

"那还是用我的吧，"耶特挺身而出，"我没关系。"

耶特真是我能想到的最好的朋友。我一时冲动心血来潮，亲了她脸颊一口，结果立马被她嫌弃地擦掉了。

瞧这傻妞！

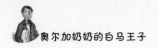

后来回了家，我在日记里写道：

今天都发生了什么呢（简洁版）：

除去开头的一点插曲，我们的白马王子计划首日基本上还算顺利。耶特、阿林娜、莱奥妮和我在搭讪男性方面小试牛刀，认识了一个"电影明星"，还纯粹是歪打正着地挖到一个金点子（具体内容我就不在这儿透露了）！

再见！别了！晚安！

恶心与废话

"苍天哪，你们的脑子怎么就这么木！"第二天大课间的时候，耶特这样责怪我们。虽说之后还有两节累人的法语课，我们还是试着起草那份广告。我原本是喜欢法语的，课上表现也不错，可是今个儿许布施老师讲动词将来式讲得云里雾里，仿佛她是个印第安人，正在辽阔的北美大草原上躲避牛仔。难怪大家的脑子都变得有点儿稀里糊涂的。

"那你怎么不吱声？"莱奥妮怼回去。她把手臂像翅膀一样在自己的桌上撑开来，又把头斜靠在上面。

"因为……因为我负责记录，还要提供手机用来联系。"

"这个借口太逊了！"耶特愤愤地嘟囔。

门被推开了，我们历史老师波斯旺朝班里探进头来。今天课间轮到他管。

"你们还在这儿干啥呢？都出去！快点快点！"

这可给我们的计划造成了致命一击，我们本打算在课间结束之前把广告文案誊一遍来着。操场上的风倒吹得很温和，但环境实在

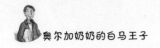

太吵了，我们根本没法清晰地思考。打嗝先生、亨宁和奥利弗在一旁围着我们犯傻，用黏嗒嗒的小球扔我们。为了班级和平，我真心希望这黏嗒嗒的成分不是口水。

"好，让我们再想一下。"耶特把眼镜推来推去——这是她正在开动脑子的标志。"你们觉得这个怎么样：漂亮奶奶诚觅猎艳帅哥？"

"你还有救吗？"我大骂耶特，"你知道这个词什么意思吗？"

"那你知道？"

"还用说！就是那种想把在这个地球上逛悠的女性生物统统收入囊中的人！"

"噫，好恶心！"莱奥妮尖叫道，她编起来的细辫子在自己的鼻子前面晃来晃去。

"嗯，这可真恶心。"我罕见地站在莱奥妮这边。

"要不然……"耶特搜肠刮肚了一阵，"**有意结婚看过来，火辣奶奶等你爱！**听上去是不是很酷炫？"

"耶特，我们这样没戏的。"我把她拉回现实。

"那你们出个更好的点子啊，既然你们这么聪明绝顶！"

她看阿林娜。阿林娜看地。她看莱奥妮。莱奥妮看空气。她又看我。我哪儿也不看。

"我实在想不出要怎么夸奶奶，"我怯生生地解释，"在不把她弄得很搞笑的前提下。"

打嗝先生、亨宁和奥利弗自以为不显眼、实则很显眼地围着我们打转，而我们只当看不见。永远都是这些倒胃口的苍蝇到处飞！他们三个到底是吃饱饭没事做，还是爱我们爱得要死，不撞南墙不回头？

"为什么一定要走幽默路线呢？"阿林娜用脚在地上唰啦唰啦地蹭，一边发问，"我们也可以规规**矩**矩地写啊：**有一女士，年届六十，青春依旧，诚觅良友，剧院一游**之类。"

"奥尔加奶奶已经快七十了。"我插嘴道。

"那又怎样？没人知道。而且她还保养得相当不赖呢。"

"那我觉得这个挺好，"莱奥妮剥开她那份课间餐的包装纸，又冲里面闻了闻，"至少不尴尬。"

"但是有那么点儿无聊，是吧？"耶特思考着说，"总会有人上钩的。"

"比如一个严肃的戏剧爱好者。"莱奥妮很冲地顶回去。

"问题是，"我说，"奶奶一点儿都不喜欢看戏。她爱的是肚皮舞和滚石乐队。"

"那我们干吗不把它写进去呢？"耶特发言道，"**爱跳肚皮舞，虽然年届六十；爱听摇滚乐，身心依旧青春；遍寻同龄男士，共度激情时光。**"

"不如直接写**性感**时光？"莱奥妮激动不已。

"性感时光！性感时光！"我听见打嗝先生在背后嘎嘎笑，疯狂地转来转去。

"给我走开！"我气得大吼一声。我真想有一个遥控器，将这

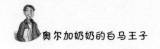

些毛头小子直接传送走，最好是传到其他星球去。

耶特只是气鼓鼓的，眼睛滴溜乱转，可我觉得，莱奥妮的评语比那帮男生靠谱，要知道他们从来就没想让我们安静会儿。

"有趣时光，"我小心翼翼地压低了嗓音，"爱跳肚皮舞，虽然年届六十；爱听摇滚乐，身心依旧青春；遍寻同龄男士，共度有趣时光。这就很准确了。"

阿林娜和耶特举双手双脚赞成，就算是莱奥妮也不得不在吃了两口课间餐以后承认，这篇东西可以算得上是神来之笔了。作为答谢，耶特再次获得了一个落到脸颊上的响亮的吻。

忽然笑声四起——来自男生们——亨宁怪声怪气："小情侣哪，快亲亲吧！"

我们还没来得及开火，这仨人已经藏到了一片垃圾桶后头。我扪心自问，亲爱的上帝为何要创造出男生这样多余的生物。为了气我们女生？或者他做出男生的原型纯属顺手为之，想要改正错误，却发现为时已晚？

我只能祈祷，头顶天堂里的那个大胡子在创造我的小弟弟小妹妹时把一切都安排妥当，这样到最后出来的就既不会是莱娜这种烦人的小妹，又不会是卡斯帕、亨宁或者奥利弗这样的男孩子。

"有人在家吗？"我回到家，屋里一片死寂。

"有，我！"妈妈的声音从厨房传来。

我三下五除二把体操鞋脱掉，就往她那儿跑。洗手可以等下。

妈妈站在水槽前，头深深地埋下去，又是吸鼻子又是叫唤，好像发生了什么可怕的事情一样。我定睛一看，发现她不过是在剥洋葱。

"我们今天晚饭晚点吃，"她说，"饿了就拿香蕉或者酸奶吃。"

"不用。我愿意等，"我急切地越过妈妈的肩膀偷看，"今天吃什么？"

"茴香烤土豆，"妈妈呱巴嘴给了我一个小飞吻，"你还好吗？"

"好啊，都好啊。有什么不好的？"

"我不知道啊？"

"你还好吗？"我回道。

就在这时，她把刀子往水槽里一放，从我旁边飞快地跑出厨房。

"妈……？"

"马上来！"外面传来声音。之后她就回来了，手里挥着一张纸，还没有明信片大。

"这是啥？"

"你的小宝宝的第一张 B 超片子！"妈妈笑得开怀。

"啊哈。"我应道，一边坐到了厨房的凳子上。

"想不想看得仔细点儿？"

这问的什么啊，那还用说。而且我要是说不，妈妈岂不是狠狠地被打脸了吗？

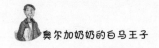

妈妈挤过来坐到我旁边。"你看，这是头，这是小胳膊，这儿……两条小细腿！可不可爱？"

"啊，小细腿萌萌哒。"我附和道，但眼前除了一团灰色的东西，耳边的连篇废话，我实在看不出什么。说句心里话，什么都看不见。

"在你眼里肯定像是雾里看花，对吧？"妈妈仿佛看穿我心中所想。

我点了下头。

"我最早也是这样。等你看得久了，就会突然开窍，看出来有个人形生物了。"

我才不要看得久呢。我也不想突然开窍。其实我啥都不图，除了一切维持原状。

为了不显得太冷血，我问她："这个人形生物还好吧？"

"嗯，运气不错，长势喜人。"妈妈的笑容根本止不住，而这只能加重我良心的负担。

"你好像一直不太高兴？"妈妈又在读我的心了。

"哪有，高兴死了！"我否认道，试图奉上一个甜笑。但愿看起来不是像我嘴里含了一斤蜜那种。

她把片子拿走，站起身。"帮我削土豆吧？"

我点头。干什么都比对着这片子废话连篇和强颜欢笑好。

妈妈从柜子里拿出一只锅，给了我另一把刀，然后我们各自开始干活。妈妈削皮快一点，我慢一点，古典乐从收音机里汩汩流淌而出。我觉得这样和妈妈坐着其实很舒服，只要我不老想着她肚子里那个废话之源！只要我同时能够不断忘记：它在那儿！还在长！有一天它会来到这世上。

"你有计划地备孕的吗？"妈妈正在跟我讲她最喜欢的音乐家肖邦，我不禁脱口而出。我自然知道是有办法避孕的，这样就不会有孩子了，否则就是避孕措施的某一环失败了。

妈妈把一只削完的土豆丢进锅里，灵巧地相互摩擦手指，把手弄干净，这才开腔："不，米娅，怀孕不是计划好的。我原来还认为三个小孩太多了。"她的笑容一下子褪去了。"但现在就这么发生了，你爸和我可是欣喜若狂啊。"

我冲着土豆皮堆成的山点头，还是倾向于保持沉默。我还是跟以前一样愚笨。我不明白，如果没有要孩子的意愿，怎么可能搞出个孩子来呢？然后全世界就数这连个影子都看不清的东西最重要？我甚至有点儿理解莱奥妮了，她不想和生孩子之类的事扯上半毛钱关系。我也不想，毕竟说到底这只能带来一团麻烦事。

过了不到一小时，一派祥和的气氛结束了。先是莱娜和卢卡斯从天而降，他们有七节课，接着爸爸过来等着吃晚饭。奶奶慢腾腾最后一个到，可能是懒得做饭吧。她穿着一件荧光粉色 T 恤，上面写的是英文的**永远年轻**。于是我们大家坐下来吃饭。

"你这么盯着我干吗？"奶奶一边往嘴里送了一大勺吃的，一边问，"我长了疙瘩？还是下巴上冒出胡须了？"

"没，奶奶，你无懈可击！"我信心十足地喊。这是真的：我的奶奶是世界第一。我只需要想想我们的白马王子计划，以及如果

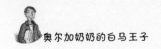

首位候选人到她家去，她应该画什么样的眼妆。

"我也想对你这么说，小蝴蝶！"她一边顺走碗里剩的几块茴香，一边问我们对她的白头发怎么看，还有她染发是不是会好看很多。

"妈你胡说，你根本不需要染发，"爸爸表示不能理解，"你看着美极了！"

"算了吧，我觉着，染个时髦的红色可能显年轻。不然金色？你们觉得金色如何？玛丽莲·梦露那样的。"

卢卡斯和莱娜笑了，我也忍俊不禁。奶奶虽然不能算老态龙钟，但也算不上性感尤物。

"唉，别想了，奶奶，"我息事宁人地说，"灰色很衬你啊！"

"我也觉得灰色很优雅。"妈妈跟着说。

"好吧，再看看，"奶奶嚼着东西，含糊不清地说，"离假期还有一小段日子。"

"你要出去玩？"爸爸震惊地问。

"是啊，去苏格兰。我没说过吗？"

爸爸摇头。

"为什么去苏格兰呢？"妈妈想知道。

"那里的风景想必摄人心魄！在那里漫步真是太理想了。"

爸爸焦虑地搔了搔胡子后，试探着发问："你觉得你走得动吗？"

"怎么说我也比你这坐办公室的灵活！"

"嗬，我谢谢您了。"爸爸恼火地回复，我们三个小的仿佛接到了命令，笑作一团。这就是奶奶的魅力所在：她是真的直言不讳。

等我们勉强平静下来了，妈妈就问奶奶和谁一起去，是跟团呢还是跟几个闺蜜一起。

"还没定呢。"奶奶避而不谈，而我想，到那时她可能已经拥有自己的白马王子了，就可以在粉红泡泡中飘飘然地和他一起去苏格兰。

"你也完全可以和我们一起啊。"妈妈提议。

"又去波罗的海？"奶奶埋怨道，"谢了，不过我还没这么——老。"

"什么意思？"爸爸仿佛被刺到了似的回击，"说我们的旅行全是养老吗？"

奶奶只神秘兮兮地笑，不搭理他。

"而且安德烈娅怀孕了，"爸爸接着说，"难道要她去非洲那种游猎观光？还是去热带雨林参加那种生存训练？"

"够了，汤米。别激动！"

"我就是很激动！"爸爸激动地说。他似乎毫无发觉，奶奶只是想小小地捉弄他一下。

"大家不要吵了，"奶奶结束了争论，"你们去波罗的海找舒服，我去苏格兰找刺激，最后大家都开心。"

呼——印第安酋长，我们的奶奶，发话了！我很高兴有她作为家里的长辈：有点儿古里古怪的——但是我最最亲爱的奶奶。

冯·霍亨斯泰因·齐·森福吉尔伯先生

天知道老师们都是怎么想的，给我们留了一波又一波作业。可能他们觉得折磨学生特别好玩，又或许他们一旦没了足够多的作业批改就闲得发慌（有机会我得问问爸爸）。至少对耶特、阿林娜、莱奥妮和我来说，这意味着无尽的学习、学习还有学习，我们的奥尔加奶奶白马王子大作战只能暂且延期了。

"我都不知道我的头发是金色还是棕色了！"耶特痛苦地呻吟道。结束了自克兰菲德先生给我们补课以来的第一场数学测验，我们到中庭来了个大大的深呼吸。尽管我觉得自己差不多都做对了，心里却还是有些没底。

"是金色的。"为了逗逗耶特，我煞有介事地把她的头发一缕缕对着阳光检查了个遍，才故作严肃地回答。

"真的吗？"

"骗你干吗，只是有些地方已经变成绿色了。"

"你傻吗！"耶特大叫起来，报复性地按开了我的蝴蝶发夹，

"那你就是满头白发，奥尔加奶奶同款！"

"你塌屁股！"

"你有鼻屎！"

我们面面相觑，紧接着爆发出一阵笑声。耶特把蝴蝶发夹还给了我。我一边重绑马尾辫（不对着镜子绑还真没那么容易）一边告诉她，奥尔加奶奶似乎想染发，但是还没决定要染成红色还是染成玛丽莲·梦露金。

"是耶特金。"耶特生气地纠正。

"不，她说的就是玛丽莲·梦露金。"

揉着肚子上的肥肉、安静地看我们闹腾了一路的莱奥妮讽刺地开口了："耶特，就算不爱听你也得知道，你、还有你那头金发可不总是世界中心。"

阿林娜上气不接下气地向我们跑来。"耶特的头发怎么了吗？"

"没什么，"莱奥妮轻哼一声，"什么也没有。"

耶特拉下脸来转身就要走，阿林娜却拉住了她红色 T 恤的袖子。"先别忙着拌嘴了，我有东西要给你们。"她的另一只手探进运动背包，变戏法一样地掏出一打小卡片，分给我们四个人。这可真是个大惊喜！所有的卡片上都用阿林娜那工整漂亮的字体写着：

爱跳肚皮舞，虽然年届六十；爱听摇滚乐，身心依旧青春；遍寻同龄男士，共度有趣时光。

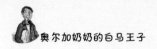

下方还附上了耶特的手机号码。

"昨天晚上我无聊得很，"阿林娜不好意思地看着我们，好像帮大家省了一桩麻烦事倒成了她的不对似的，"因为我实在学不下去数学了。"

"阿林娜，你真是太好了！"我不禁欢呼，"这样我们一放学就能进城贴这些小卡片了。"

"可咱们没有胶带啊？"莱奥妮问，"没胶带怎么整？"

"当我傻的？"阿林娜露出了一个大大的笑容，从包里掏出两卷透明胶带和许多图钉。这就是阿林娜，她总能带给我们惊喜。

第六节课后我们以最快速度离开了教室，因为我们想先在学校附近贴一些卡片（或者说，因为想躲开半个班好奇的窥探）。毕竟的确可能存在那么一两个来学校接孙女的单身老爷爷，一直梦想着结识一位热爱肚皮舞且是滚石乐队死忠粉的老奶奶……

我们的第一站是校舍前方的红绿灯，然后是去公交站路上的每一棵树。耶特对这件事热情高涨，甚至连好几处灌木都被她贴上了小卡片——虽然我觉得她是在白费工夫，因为贴在那儿根本没人看得见。

再之后我们便分道扬镳了。耶特和我坐公交车回家，阿林娜和莱奥妮则是步行。

"从现在起，你的手机得一直保持开机，明白吗？"下车时，我向耶特确认道，"除了上课时间。"

"当然，我又不傻。"

"你也不聪明。如果有人打电话过来你怎么回应？"

"哎呀，烦死了！"耶特嘟囔一声，"邀请他去路易斯咖啡厅！说真的，你要是什么都比我清楚，当初就该写你自己的手机号！"

我轻轻拍了拍她的肩膀。"但显然你的手机比我的好，瞧这一整面的水钻，多闪亮。"

耶特心满意足地笑了。这就是她的优点：生气有多快，消气就有多快。幸亏耶特是这性格，否则她肯定不会是我最好的朋友了。

希望有多大，失望就有多大。耶特的手机至今还一声都没响过！自我们把征召男友广告贴遍半个汉堡已经过去了三天，耶特的手机却始终安静得像只冬眠中的熊。

"会不会是你的手机没电了？"耶特和我半个钟头后要上芭蕾课，等公交车时，我问道。

"实话说，不可能。"耶特边说，边从运动包的前袋里掏出了她的手机。恰在那一刻，手机发出了刺耳的响声，仿佛是我们把它唤醒了一般。"很可能就是对你奶奶有兴趣的人打来的呢！这还是第一个！"耶特接起了电话，睫毛兴奋地忽闪忽闪。"你好！……哦，好的，一升牛奶，黄芥末，包装油纸……"她念叨着，然后挂了电话。"是我妈，"耶特沮丧地说，"见鬼了。怎么就没人想认识一下你奶奶呢？"

我无言以对。跟她相比，我的沮丧程度自然只能是有过之而无不及。何况我们到现在连公交车的影儿都还没见着呢！

"走吧！"耶特把手机塞回包里，拉起我的袖子，"咱们再找个红绿灯试一次。"

"非这么做不可吗？"我发出一声哀号。毕竟上次的经历可实在让人提不起兴致。

"想想你奶奶，她多孤单，多可怜啊！"

"但那样我们芭蕾课就要迟到了。"我试图抵抗。

"那就让格奥尔基女士批评两句吧！我们平时都那么准时。"耶特对我眨眨眼睛，"带上照片跟我来！"

"唉，好吧。"我叹了一口气，任凭耶特把我拉到红绿灯旁边。只要这丫头的脑瓜里有了什么点子，不把它贯彻落实到底她是不会善罢甘休的。

信号灯一转红，她就冲上斑马线，跑到一辆漂亮时髦的跑车旁边（那辆车是耶特最喜欢的颜色——红色！），金发在她的脑袋后面飘呀飘。耶特抬手敲了敲车窗。

"您好！"她的声音可真大，站在人行道上的我都听得一清二楚。

玻璃车窗立刻摇了下来，一个棕色皮肤、头顶大量发胶的男人好奇地从窗口探出头。天哪！我可不想给奥尔加奶奶找个这样的男人！不过幸好发胶男看样子也对会跳肚皮舞、喜欢滚石乐队的老奶奶兴致不大。车窗瞬间重新被摇上，跑车绝尘而去。

然后便轮到我了。由于一直找不到合适的对象，我等了两次变灯才终于走上斑马线，以最普通的方式、和一个长相普通、开的车也很普通的男人搭讪。

"小丫头，赶紧滚开，别在大马路上站着！"可这个男人对我怒气冲冲的叱责却一点儿也不在意。"不然我叫警察了。上次我就被你们这种小丫头片子偷了钱包！"

"可我们又不是来偷钱包的！"我愤愤不平地回嘴。

"滚！听见没有！现在，立刻，马上！"

我三步并作两步地飞奔回人行道，心脏像是要从喉咙里跳出来似的。"我受够了，耶特！"我大声嚷嚷道，"他骂我是小偷！"

"我们还得再试几次。这年头蠢男人满地跑，别理他们。"

"那你一个人干吧！我再也、再也不要在红绿灯边上跟他们搭讪了！"

"没问题。自己去就自己去。"

耶特跑回斑马线上，挥挥手中的照片，任一头金发在空中飘荡。只可惜仍然没有什么值得一提的战果。经历了第四次失败后，耶特也厌倦了，我们的行动就此中止，两个人垂头丧气地小跑着赶回了公交车站。

"可能老天想告诉咱们，这个办法纯属脑抽，压根儿行不通。"

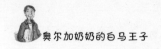

在公交车里落座之后，我把自己的想法告诉了耶特。

"你就这么没耐心？还有这么多机会等着咱们呢。"

"哦？还有什么机会？"

耶特正专心致志地抠着她涂成粉色的大拇指指甲。"比如茶舞会呀，"她喃喃自语道，一边把一块磨损了的指甲油揭掉，"我们可以去茶舞会上看看都有些什么人来参加。"

"可不是么，还有养老院，那儿的单身老先生也一抓一大把，还肯定乐意让奥尔加奶奶照顾他们。"我跟她抬杠。

"蠢死你得了！"耶特骂道，就在这时她的背包里传出一阵铃声。

"你的手机响了！"我惊讶地叫出了声。

"我又不聋！"耶特慌忙地在她的包里翻找。她的芭蕾袜扔在了我的膝盖上，接着是一件亮粉色练功服，还有一双不怎么好闻的芭蕾舞鞋。只是不见手机的踪影。

"快点找呀！"我紧张起来。

"你是看不见我正在干什么吗？"耶特把我的话怼了回来，又往我的膝盖上堆了一只烂苹果、一块手巾还有一瓶空了的沐浴露。最后她终于把嗡嗡作响的手机握在了手里。

"这里是耶特·约斯特。"耶特说这句话时喘得像个哮喘病人。接着便是一阵沉默，除了"嗯""啊""哦"没再说任何话。因此我也无从判断打电话来的是什么人——又是耶特的爸爸？还是对奶奶感兴趣的人？或者难道是英国女王？时不时用手指在空中画圈成了她现在唯一的动作。我希望我的好闺蜜不是突然疯了！那可就糟透了，我们的白马王子大作战也就不得不打上休止符了。

"啊哈，棒极了，"仿佛过去了半个世纪那么久，耶特终于开口，"这位女士想跟您周日下午三点在路易斯咖啡厅见面，您看怎么样？"

难以置信！耶特居然真的在跟奥尔加奶奶的白马王子候选人打电话！

"好极了，您正好有时间，"通话还在继续，耶特望着前排座位，笑眼弯弯，"如果遇到意外情况，您可以打我手机。我们也有您的号码。"她又说了一两句过分热情的话作为结语，然后挂了电话。

"哦耶！太棒了！万岁！"耶特超高分贝的尖叫引得一对老夫妇看向我们，频频摇头。

"快告诉我，对方怎么样？说什么了？他的声音听起来怎么样？"

可这丫头已经高兴得忘乎所以，连一句完整的话都说不出了。我只能从她结结巴巴的只言片语中拼凑出一些信息：打电话来的男人有一副温柔的好嗓音，笑起来沙哑而迷人，自称冯·霍亨斯泰因·齐·森福吉尔伯先生。

"啥？"我咯咯笑出了声。折叠门"喇"的一声打开，我们走下车来。"你开玩笑吧！"

"我没有，他就是这么说的！"耶特把运动包夹在腋下。

"可这名字怎么听都像瞎编的！"

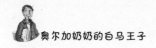

"所以才是真的呀！"

"啊？"我愣了。耶特解释道："就算名字是编的，谁会编出这么个鬼名字！"我的好友一甩她的金发，"没有这种人的。蝴蝶小姐，我们可是给奥尔加奶奶找了个如假包换的贵族老爷啊①！"

唉，贵族也好，蠢蛋也罢，只要他适合奥尔加奶奶我就满足了。

"不管怎么说，他也是滚石乐队的粉丝，"耶特继续说，"还用着一款名叫'Wild man'的香水。"

我又忍不住笑了。如果我没记错，Wild man 在英语里是野人的意思，配奥尔加奶奶倒是不能更合适了。"他有没有说他长什么样？"

"当然没有。我也没问，"耶特挠了挠头，"但他表示到时候会往扣眼里插一朵粉色的康乃馨作为信物，也记得让你奶奶插一朵，这样他俩就不会错过了。"

不一会儿，当我们在芭蕾把杆旁边站好开始做练习的时候，我在脑海里把邀请奥尔加奶奶去咖啡厅的各种可能的方式演练了个遍。绝对不能表现得太假，奥尔加奶奶机灵得很，可能会察觉到我在"图谋不轨"。

---

① 冯·霍亨斯泰因·齐·森福吉尔伯先生（Herr von Hohenstein zu Senfgelb）中"冯（von）"的意思是"出生于、来自……"，后接该人封地、采邑的名字，原指贵族封地，后变成贵族姓氏。因此耶特通过其姓氏中的"冯"推断这位先生是贵族，将其称为"贵族老爷"。

"米娅，你今天是怎么了？"我想得太入神，竟没发现格奥尔基女士已经站到了我旁边，双手不满地交叉在胸前。"先是迟到不说，还一直犯错！小姐①，注意力集中！这已经是我的最低要求了。"

舞跳得最好的海伦娜和妮恩科偷笑起来，不过我一点儿也不在乎。格奥尔基一如既往地爱挑毛病，我也不在乎。尽管我觉得森福吉尔伯·齐·霍恩豪森先生②这事儿是个百年一遇的好机会，但从刚才开始，一个十分糟糕的想法就在我脑中挥之不去：要是奥尔加奶奶压根儿不需要白马王子怎么办？说不定她对单身生活很满意，觉得有滚石唱片和不怎么靠谱的闺蜜团陪伴的日子就已经足够幸福了。但由于这个念头实在讨厌，我决定还是暂且把它搁置一边。毕竟现在反悔也晚了。冯·霍亨斯泰因·齐·森福吉尔伯先生已经在等着见她了。把这场呕心沥血终于定下的约会取消掉？除非我们傻了！

---

① 此处原文使用了法语的"小姐（Mademoiselle）"一词。
② 米娅在这里记错了森福吉尔伯先生的名字。——译者注

蛋糕！蛋糕！蛋糕！

　　周六，窗外大雨如注，我瘫在奥尔加奶奶的沙发上，身旁是摞得老高的书和 CD。奥尔加奶奶则懒洋洋地坐在一把软椅上，边啃胡萝卜边看报纸。实际上我却已经坐立不安小半个钟头了，胃里像是装着一块千斤重的大石头。时间一分一秒地过去，我却还是不知道该怎么向奶奶开口。

　　"你想吃东西了吗，米娅？来块香肠面包？还是要脆面包加橘子酱？"

　　蛋糕，蛋糕，蛋糕……一个声音在我耳边轻声低语，于是我开口道："奶奶，有蛋糕吗？"

　　奥尔加奶奶惊讶地从报纸上抬起头。"我从来不烤点心，你知道的。我讨厌烤点心！满头波浪卷的老太太才会做那种事。"

　　快动脑子！快动脑子！快动脑子！我的脑海里马上啪地亮起了一串小灯泡。"但你挺喜欢吃蛋糕的！"

　　奥尔加奶奶皱了皱眉头。"唔，说实话……"

　　"至少我们家之前做苹果蛋糕的时候你吃得可欢了！"我飞快

地打断她。

"是这样没错，有时候我的确挺喜欢蛋糕的。但也不是一直那么喜欢。"

"那咱们就一起去咖啡厅吧，"我终于切入了正题，"去吃好吃的蛋糕。"

奶奶死死地盯着我看，眼睛睁得足有弹珠那么大。然后她点了点头。"是啊，是可以一起去。为什么不呢？"

"那明天怎么样？下午三点？"我使上了浑身解数，"路易斯咖啡厅就不错。"

等待着我的是一片死寂，只有时钟的嘀嗒声和窗外汽车的轰鸣格外清晰。求你了奶奶，就答应了吧！我无声地恳求道。一定要答应我啊！这可跟你的幸福息息相关呀！

奥尔加奶奶深吸了一口气。"不好意思，我的小蝴蝶，明天下午我已经……"

"别告诉我你已经有约了！"

"是有约了。不成吗？"

不是吧！绝对不成！

"奶奶！"我大吼一声，"我们很久没一起去吃蛋糕了！"

奶奶的眼睛睁得更大了。"在我的记忆里咱们还从来没一起去吃过蛋糕。而且为什么非是明天下午三点不可？"

"因为……"我哽咽了。显然，我想不出任何一个有说服力的理由。只有一点很明确：如果这次奶奶不上钩，冯·霍亨斯泰

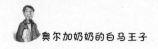

因·齐·森福吉尔伯先生愿不愿意再次赴约也就很难说了。至少换作是我肯定是不会去的。我才不愿意在这么个不靠谱的肚皮舞舞蹈家身上再花一次时间呢！

"你哭了？"奥尔加奶奶坐到我身边，用她柔软的胳膊圈住了我。她的怀抱温暖而令人安心。

"一点点。"我的声音听起来闷闷的。

"虽然不是很能理解你哭个什么劲儿，不过好吧。你去换鞋，咱们走。"

"什么，现在吗？"我彻底傻眼了。现在去干什么？！现在去毫无意义呀！要是现在去了，那才真是糟糕透顶了！

"对啊，干吗不去？瞧瞧你，想吃蛋糕都快想疯了，咱们就满足一下呗。"

"呃，话是这样说，但我马上要去找耶特了！"我慌忙搬来一个借口。

"那明天下午两点怎么样？"奶奶问。

"那会儿我也不行。"我撒谎了。只希望我的脸上不会立刻长出难看的肉瘤，两条腿也不要马上开始萎缩。

"唉，好吧。我的小蝴蝶呀，"终于，奶奶被我说服了，"那咱们就明天三点去咖啡厅。但我四点前必须离开。"

"太棒了！奶奶，你最好了！"我激动地对她一通乱亲，直到她受不了了，笑着把我推开。

"我都不知道去个咖啡厅能让你高兴成这样！"

我以前也不知道，至少在接到冯·霍亨斯泰因·齐·森福吉尔伯先生的电话前从来不知道。"你明天得把自己收拾得好看点儿。"我嘱咐奶奶。

"听好，"奶奶反驳道，"我可一直都是漂漂亮亮的。难道你不这么觉得吗？"

怎么会！她的想法我是完全赞同的。不管怎么说，我的奶奶都是世上最漂亮、最好的奶奶。就凭这点也应当有一位白马王子来与她做伴——让她的生活比现在更加五光十色，少一点孤单寂寞。

详细计划如下：我和奥尔加奶奶一起去路易斯咖啡厅坐着（事前想办法给奶奶别上粉色康乃馨，这样冯·霍亨斯泰因·齐·森福吉尔伯先生就能认出她了）。一等到戴着粉色康乃馨、最好还长得不错的老先生走进门来，我就借口内急，冲向厕所，剩下的事自会水到渠成。（即使我得从后门溜走，或者不得不趴在地板上从年轻情侣身边匍匐而过。）

晚些时候耶特给我打来电话，第 N 次缠着要我带她一起去——因为毕竟贡献了水钻手机、在红绿灯旁跟陌生男人搭讪次数最多的都是她。

"还要我说多少次啊，耶特！"我大声叹息道，"你想毁了我们的计划吗？"莱奥妮和阿林娜都已经被我成功打消了一起来的

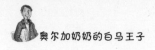

念头。

"我绝不乱说话。我发誓！"

"我知道，但如果那位尊贵的森福吉尔伯先生进来的时候咱俩都逃去厕所，奶奶肯定会发觉不对的。"

"你一个人去也一样。"

"耶特，你好烦啊！"

"那如果我以后再也不叫你蝴蝶小姐了呢？"耶特开始讨价还价了，和我妹一个套路，简直和她师出同门。

"你可以在街上等我，"我严肃道，"就这么定了。"

"那我能从窗户偷看吗？"

"我觉得可以，但你千万别太显眼了！"我清楚得很，不管是挥眼镜、甩头发还是做鬼脸，这家伙可都是做得出来的。

挂电话前，我跟耶特说，公平起见还是要知会莱奥妮、阿林娜一声，然后便在满满的不安中爬上了床，感觉自己刚刚犯了个大错。毕竟作案地点我们的人出现得越多，事态就可能变得越复杂。

纽扣眼儿里的扁草

"想来点儿什么，我的小蝴蝶？"

下午两点五十五，路易斯咖啡厅。奥尔加奶奶坐在我的对面，鼻梁上架着老花镜，正研究着酒水单。谢天谢地，她的头发还是跟平常一样的灰白色，而不是什么粉色、橘色，或者挑染得五颜六色。

"呃……一杯橙汁就好。"由于太过紧张，我的胃隐隐作痛，自然是吃不下什么了。

"什么？你不吃蛋糕？"

"不了，谢谢奶奶。"

"你跟我开玩笑呢？"奶奶越过镜片的边缘惊异地看着我，"是谁昨天哭着喊着要来吃蛋糕的！"

"好吧，那我要一块草莓蛋糕。"为了不引起不必要的怀疑，我急忙道。不知道选什么的时候选水果味的比较保险。

几分钟前起，我开始觉得事态不容乐观。万一约会才刚开始奶奶就不干了怎么办？说到底，跟森福吉尔伯事先约定了见面的不是她，而且如果她没察觉到这场约会是她孙女撮合的呢？或者万一我们找来了个举世无双的无敌丑男，耳朵里还长着一簇白毛的那种，又该怎么办？我们真傻，真应该事先调查清楚的。但如果森福吉尔伯来了看不上奶奶、转头就走呢？奥尔加奶奶今天又打扮得像一只五颜六色的金丝雀，他会作何反应？奶奶穿着一件艳绿色的夹克，配一条艳粉色的裤子，脚下踩了一双虎纹运动鞋。至于康乃馨，在公交车站等车时我就想插进她的扣眼儿里，但却被奶奶像对付长毛蜘蛛一样嫌弃地弹开了。

"米娅，把这朵讨厌的花儿从我眼前拿走！"她厉声斥责道。因为我刚刚试图顺手把花戴在她身上。

"康乃馨是退休老头儿老太太才戴的玩意儿。"

"什么呀，你不就是退休老太太吗！"我小声抗议。虽然知道奶奶不爱听，可这就是事实。

"但我又不是**那种**退休老太太。"奶奶深感冒犯，愤愤地回嘴。

"好吧。"我屈服了，只好把康乃馨插到了自己的扣眼儿里，至少这样冯·霍亨斯泰因·齐·森福吉尔伯先生也能知道该往哪桌走。怎么想我也不是喜欢肚皮舞和滚石乐队的老奶奶，他应该还是能想明白的。

服务员扭着屁股，一摇一摆地向我们桌走来，在离这边不到一米时猛地停下，一言不发地盯着我们看，好像我们是什么外星生物。

"下午好！"奥尔加奶奶和颜悦色地冲她打招呼，"您是来帮我们点单的吗？"只有我知道，她背地里可正气得咬牙切齿呢。

服务员嘟囔了两句我们听不清的话，然后问："要点儿什么？

今天有苹果蛋糕和林兹蛋糕。"她说得有气无力、语速飞快。

"太棒了,"奶奶说,"那就给我孙女来一杯橙汁、一块草莓蛋糕,给我来一小壶咖啡和林兹蛋糕。"

情绪很差的服务员在便条本上龙飞凤舞了一堆无法辨认的神秘符号,又扭着屁股走远了。这时候我偷偷看了一眼表,两点五十七。正戏总算要开演了。

"我问你,米娅,"奥尔加奶奶心不在焉地拨拉着桌上的装饰花,"你真心期待小宝宝出生吗?"

"当然了,还用说吗,"我答得问心有愧。这是闹哪出?为什么她偏偏这个时候抛出这么沉重的话题?我现在必须把注意力集中在森福吉尔伯身上,检视接下来进咖啡厅的客人。

"说谎。你一丁点儿都不期待。"

"当然期待了!小宝宝多可爱啊。"我反驳,"至少等他们到了不会随地大小便的时候,肯定是可爱极了。"

奶奶哈哈大笑起来。"不会随地大小便!你真是太幽默了。"

我用余光瞄到窗边一个影子,可等我把头转过去却没看到任何人。那个转眼就躲起来了的家伙是耶特吗?

"只要小宝宝还尿裤子,它们就不会特别讨人喜欢。"我装作只是单纯想看看窗外风景。

"哈哈,是吗?"奶奶露出一排白牙,"知道你自己'不讨人喜欢'了多长时间吗?我还记得的,你……"

"没人想知道那个!"我不耐烦地打断了她。我的幼儿时期已

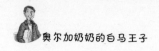

经是八百辈子以前的事了，顶多也就有个在史书上随便记一笔的价值。

我又瞄了一眼手表。三点整了。就算冯·霍亨斯泰因·齐·森福吉尔伯先生姗姗来迟，也是时候该出现了——除非他是个不守时的狂妄之徒。

可不管我往门边偷瞟多少次，都没有一个身影看起来像是身份高贵的超级白马王子，普通白马王子也没有一点儿影踪。不如说，压根儿半个人没有。

"米娅，你怎么了？"等那位态度差劲儿的服务员把我们的蛋糕和饮料砰地放在桌上后，奶奶问。

"没怎么。为什么这么问？"

"看你坐不住的！跟屁股下面有蚂蚁似的。"

"你说这个啊！呃，我觉得是被蚊子咬了，大腿这里。可痒死我啦！"

"向让你痒得要死的蚊子包致以最真挚的问候。"奥尔加奶奶讥讽地勾了勾嘴角（或许她并没相信？），然后便埋头解决她的林兹蛋糕。

而我却一口也没动。我的胃不再难受了，与刚才相反，现在感觉像是连同耳朵、脚和鬃毛一起吞了一整头猪。另外，我对那个冯·霍亨斯泰因·齐·森福吉尔伯也是一肚子火，因为这家伙竟敢让我世界第一的奶奶等他！

指针指向三点五分时，一个金色的脑袋出现在窗边，然后是一只挥来挥去的手。这肯定是耶特了！她是在叫我出去吗？因为有重要的事要向我传达？

"我出去呼吸呼吸新鲜空气。"我对奶奶说，然后撑着桌角站起来。

"你不舒服？"奶奶关心地打量着我。

"我没事，只是有点……我想耶特在外面。"

"叫她进来呀，她可以跟咱们一起吃蛋糕。"

"好极了！"我暗自恳求着好奇心向来很强的奶奶不要跟着我出来，一边穿过咖啡厅，推开门。

"耶特！见鬼了，怎么会这样!？"不等我喘匀气来，眼前的景象便让我彻底哑口无言。老天，简直糟透了！自行车架旁边，亨宁、打嗝先生和奥利弗按从高到矮站成一排，活像是一架管风琴，三个人不约而同一脸坏笑。他们就差把"不怀好意"四个大字写在脸上了！耶特则像绘画模特一样端端正正地站在一米开外的消防栓边，无奈地向我耸肩。

"你们有完没完？"我冲三人组吼道，"干吗来打扰我跟奶奶喝咖啡？"

三人组像是听到了什么关键词，爆发出一阵傻笑。我和耶特交换了一个眼神，相同的念头闪过我们俩的脑海：男生怎么就这么傻呢？鉴于我们班这三个傻小子代表从来想不出什么好事（哪怕是一点点），我冲他们比了个中指，然后立刻转身准备走人。

"喂，你别走啊！"打嗝先生终于开口了。

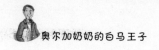

我回过头来。"好吧，干吗？"

卡斯帕从连帽衫的口袋里取出一朵粉色康乃馨别在耳后。"亲爱的米娅·汉森小姐，"他搔着嗓子，挤出一副温柔声线，"请允许我做个自我介绍：敝人冯·霍亨斯泰因·齐·森福吉尔伯。"说罢还像古装剧演员那样鞠了一个躬。"请问那位喜爱肚皮舞和滚石乐队的女士人在哪里？我已经迫不及待想与她见面了。她可多么让我魂牵梦绕呀！"

不，我不相信！这不是真的！

"闭嘴！"我像发起攻击前的猫科动物一样从嗓子眼儿里发出低沉的怒吼。他怎么能做出这种事？我们俩自然说不上是特别好的朋友，但每次发生冲突，到头来终究也会重归于好。我越想越不相信他竟然这么卑鄙无耻地愚弄了我——而且还把奥尔加奶奶牵连了进来！

盛怒之下，我一把扯下卡斯帕别着的康乃馨，狠狠地甩在他的耳朵上。"是我那天没让你抄作业吗？！"我咆哮着，"还是我在日记本里偷偷写你的坏话恰好被你看见了？！"

"都不是！"卡斯帕坏笑着掸掉落在肩上的花瓣。

"米娅，发生什么了吗？"奥尔加奶奶突然出现在咖啡厅门口。

"没什么，我这就来！"我回应道，并迅速把光秃秃的康乃馨梗藏到背后，"就是遇上了几个班上同学。"

"为什么不邀请他们进来呀！大家可以一起吃蛋糕。"

死也不要！与其那样我宁愿把我的蝴蝶收藏扔了喂狗！

"呃，不用了，您的好意我心领了。"卡斯帕磕磕绊绊地拒绝道，一下子鼻子都白了。恐怕他是怕我告诉奶奶，他对她有多么"魂牵梦绕"吧！那样这小子就会知道他要为自己做的蠢事付出什么代价了！

"好吧，那算了。"奶奶说着，回咖啡厅里面了。

三个家伙想趁机溜走，却被我不容分说地挡住了去路。"赶紧给我把该解释的都给解释清楚了！"

"开个玩笑罢了！"打嗝先生说。

"对啊，就是个玩笑嘛！"奥利弗补充道，亨宁也表示他们纯粹是想跟我们闹着玩儿。然而他们的玩笑却把我气炸了。"你们这群蠢货！"我怒吼道。

"没错，你们这群无可救药的超级大傻瓜！"耶特也来助阵。就在这时，我用余光看到阿林娜和莱奥妮向我们跑来。显然她俩有意晚出门了一会儿，以免在霍亨斯泰因·齐·森福莱本先生 [①] 现身时搞出点儿不必要的麻烦。

"这是怎么了？"阿林娜不愧是踢足球的，体力就是充沛，过来的最后几米还跑了个冲刺。

"森福吉尔伯就是他们仨。"我解释道，声音里透着一股万念俱灰。

"什么？！你再说一遍？！"莱奥妮气喘吁吁地赶到我们身边，

---

① 米娅又记错了名字。——译者注

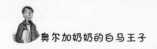
闻言惊讶地瞪大了眼睛。

"这世上压根儿没冯·霍亨斯泰因·齐·森福吉尔伯先生这么个人。那儿站着的三个混球，"我指着卡斯帕、亨宁和奥利弗，"把咱们彻彻底底给骗了。"

"哦，不！"阿林娜高声叹息。莱奥妮解开了她牛仔服的扣子，边给自己扇风边说："说，你们是不是跟踪我们了！"

"根本不需要好吗，"打嗝先生为自己辩护，"你们都把那个可笑的小纸片贴遍半个汉堡了，是个人都能搞到手，除非我们是瞎子。"

此时我恍然大悟。记得有一天课间，他们仨一直围着我们鬼鬼祟祟地转悠……这群臭男生！

"你们最好赶紧从我眼前消失，"我抡起拳头威胁道，"趁我还没做出什么出格的事来。"

"什么出格的事啊？"卡斯帕问。

"再待会儿你们就会知道了。行了，滚吧。赶紧的！"

"天哪，我开始怕了！"奥利弗大喊。

"怕就对了！"耶特叫道，"我们也不是吃素的！"

"冷静，冷静！"打嗝先生劝道，试图挤出一个讨好的笑容表达歉意，"其实我们都是乖小子。至少在咱们班上算是数一数二的了！"

"鬼才信你啊！"我更火了，吓得亨宁和奥利弗后退了几步，"你们比大蠢货还要蠢一千、一万倍！你们根本就是……"我忽然喘不过气来。

"根本就是……什么？"

"根本就是纽扣眼儿里的扁草！"说时迟那时快，这几个字忽然从我眼前闪过。我甚至自己都不是很清楚它们到底是什么意思，但用来镇住这三个小子，显然是够格了。"对了，你们最好回去好好想想补偿措施！"我冲三个人落荒而逃的背影大声补充道。

接下来的几秒，耶特、莱奥妮、阿林娜还有我像四尊冰雕伫立在路边——尽管正值春风和煦的五月天，太阳正暖洋洋地穿过栗子树枝叶洒在我们身上。

第一个回过神来的是耶特，她长叹一声："真应该让男生集体消失。"

"我就说吧！"莱奥妮应声附和，"倒是你们，还总说我早晚要跟那种生物繁衍后代。"

"我们可从来没说过！"耶特不屑地笑笑，"而且世上还是有好男生的。"

可不，比如我哥是吧，我暗自腹诽。

身后跟着三位好友，我向咖啡厅迈开步伐，一边还在为白马王子计划的破灭恼火不已。

此时只有一个人愉快依旧——那就是奥尔加奶奶。面前摆着第二块蛋糕，奶奶冲我们挥着手，心情大好。

见不得人的沟通手段

　　三天过去了，我们和纽扣眼儿里的扁草三人组的冰河期却还远未结束。不管是在教室里、校园内还是楼梯上，一看见他们仨我们就气不打一处来，仿佛连周围的空气都被冻得铿锵作响。

　　但对耶特、莱奥妮和我来说，这并不意味着我们的生活得以完全由明媚的天气、和平、好心情还有薄煎饼构成。我们总在反省这次的作战计划到底问题出在哪里，才落得如此田地。自打霍亨斯泰因·齐·森福吉尔伯来电以来，耶特的手机就再没响过，简直像是中了咒。这又一次证明了之前的结论：地球上没有一个人对奥尔加奶奶有兴趣——当然，除了我们。

　　唯一能令人打起精神的就是克兰菲德先生的补习课了。这堂课他教了我们怎么把分数转换成小数。我以前从没想过，学数学也可以像跳芭蕾、写日记还有和耶特聊天一样有意思。

　　事后第四天——也就是周四——是发上次数学小测试卷的日子。我一看见柯尼希先生夹在胳膊下面的鲜红公文包，肚子里就开始像火山一样翻滚起来。我不安地望向耶特，却见她胸有成竹地拍了拍胸脯，那样子简直像是认定了自己会中彩票头奖。我能拿三加就知足了^①！

"鼻涕虫"把那个讨厌的公文包在桌上放下，清了清嗓子问道："现在你们一定很紧张，想知道自己考得怎么样，是这样吧？"

"不是！"亨宁大声抬杠，男生们立刻爆发出一阵大笑。女生们则沉默得像脆皮花生豆一样。除了学霸克里斯蒂，只有她一个在那里如小鸡啄米般点头，仿佛这样就能比别人多得一句表扬。

"好吧……"我们的数学老师向前迈一步，又清了一次嗓子——这次还比上次低了一个八度，"实话说，成绩不是很理想。遗憾哪，同学们。"

我像是被人遥控了一样不由自主地再次望向耶特。这下可好，她现在缩得只有小豚鼠那么大了，正在那儿假装仰头望天呢。阿林娜和莱奥妮紧张地抠起了指甲。

"这次小测试有几个人拿了五分，让我很是震惊，"柯尼希先生接着说下去，"不过也有几个拿两分的，同样让我很是震惊。但是平均分只有三点八分，实在不怎么好看。"

他一边揉着自己鼻涕流个不停的鼻子一边踱到拉尔斯身边。"拉尔斯，你觉得自己考了几分？"

"四分？"拉尔斯的"四"发得像"咝——"。他诚惶诚恐地盯着柯尼希先生，那样子都让我觉得有点儿可怜了。

---

① 德国课程评分采用六分制，其中一分最高，四分及格，六分最差。

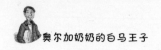

"鼻涕虫"没有接话，只是皱了皱鼻子。

"'咝——'减？"

教室里一片寂静，甚至能听见柯尼希先生轻微的呼吸声。

"'咝——'减，减，减？"拉尔斯越说声音越小，整个人恨不得钻到桌子底下去，"总不是五分吧，对吗？"

"不是，"柯尼希先生把小测试卷子甩在拉尔斯桌上，"三减。运气不错，小子。"

太过分了！他怎么能这么欺负拉尔斯，让他干着急！这个柯尼希肯定是觉得看拉尔斯怕得额头冒汗特别好玩。

接着，老师下发了五分的试卷。幸而这次他发得飞快，也没怎么折磨被叫到名字的人。因加和安尼卡名列其中，乌克兰来的伊里娜也没能幸免于难，她还不怎么会说德语。要是她连出题用的这门语言都不懂，又怎么可能知道怎么做数学题？

"米娅？耶特？"柯尼希先生站在过道中央喊道。我立刻像是被按到了什么开关一样，心脏狂跳不止，"真令我惊讶，你们俩都是二减。恭喜！"

二减……我花了几秒才理解柯尼希刚刚说了什么，然后几乎是从椅子上弹了起来。我努力把欢呼声压在嗓子眼儿，和耶特相视一笑。但还没等我沉浸在荣耀中，"鼻涕虫"的声音就又把我拉回了现实。

"你们俩下课之后来找我。不好意思，我觉得你们怕是有作弊的嫌疑。"

"作弊?！怎么作?！"耶特立刻反驳，"米娅坐前面那儿，我坐在……"

"我当然知道你们不是隔壁桌，"柯尼希先生挑起一抹挖苦的笑容，"但我也知道，你们学生总时不时地有些个什么见不得人的沟通手段，给我们当老师的带来点儿惊喜。"

见不得人的沟通手段？他在胡说八道什么啊?

我举起手，语气尽可能平静地说："耶特和我在同一位老师那里补习有一阵儿了，可能是……"

"下课再说好吗?"柯尼希先生打断了我的话。他忽然着急起来，火急火燎地发完试卷、开始讲（他那无聊得要命的）课。三十五分钟后下课铃声响起，我却因为生了一整节课的闷气，几乎一个字也没听进去！一下课，我就和耶特手挽着手，迈着沉重的步子走向讲台，如战士赴沙场一般。

见我们来了，柯尼希先生扬起了嘴角。"你们如果肯老实承认作弊，"他边说边把桌上的资料收进那个大红公文包，"那只要参加一次补考，咱们就可以都当这事没发生。全看你们想怎么办了。"

"可我们真的没作弊啊！"耶特压抑着怒气。

"那我倒是想问问，你们是怎么做到犯的错误都一样的。"

"因为我们请了同一位家教老师。"我刚刚在课上已经解释过一遍了。但这个"鼻涕虫"，总要别人一句话跟他说三遍才听得进去！

"原来如此，这位老师还教你们怎么犯错误。真是名师！你们的父母该考虑换个家教老师了。"

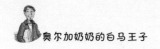

"克兰菲德先生教得可好了！"耶特大叫着抗议。

"我们才上了没几节课，"我进一步解释道，"所以有些地方还没完全掌握。"

柯尼希先生双眼紧盯着我们，目露怀疑。"你们的意思是，其一，我教得不够好；其二，你们上课根本没认真听讲？"

"不，我们当然不是这个意思，只是……"我的声音越来越小，如同沙漠里一条逐渐干涸的小溪。

"数学对我们来说太难了，"耶特连忙把话接下去，"可能我们天生少一根学数学的神经。"

"什么学数学的神经。"柯尼希先生抓了抓头，挠了挠脖子，最后还把手伸向了袜子，"那你们说我该拿你们怎么办呢？"

"最好当然是相信我们。"耶特把脸埋在红白格纹围巾后，嘟囔一声。

"因为我们说的都是事实！"我补充道，"千真万确！"

柯尼希先生又盯着我们看了几秒钟，仿佛要好好思考判断一番，眼前的这两个小姑娘是不是真的会做"见不得人"的事。最终他点点头，开口道："好吧。这是你们的考卷，今晚我会带回去好好再检查一遍。"

"谢谢老师，老师再见。"我气若游丝地说。"谢谢老师，老师再见。"耶特气若游丝地重复了我说的话，然后我们摇摇晃晃地走下讲台，整个人都仿佛失去了知觉，甚至不知道现在是该松一口气还是大发雷霆。因为只有一点是可以确定的：这事儿还没完……

"这个柯尼希，他瞎说什么呢！"午饭时爸爸听说了这件事，十分生气，"要不要我跟他谈谈？"

　　"看在上帝的分儿上，不用了！我可不想再被当成仗着自己是老师的小孩儿享受特殊待遇的家伙。"

　　我拿起勺子，给自己舀了点儿彩椒，盘里红黄绿三色齐聚一堂，好不花哨。自从妈妈肚里多了一个小脑袋，五颜六色的蔬菜就再没从我家餐桌上少过，因为据说这样吃对健康格外有好处。妈妈称之为"红绿灯膳食法"，我的漂亮哥哥却对它喜欢不起来。

　　"你确定没抄耶特的答案？"没礼貌的小妹插嘴。

　　"莱娜！"妈妈向她投去一个谴责的眼神。谢天谢地，至少爸爸妈妈还不会怀疑我。

　　就在这时门铃响了，紧接着是一阵拿钥匙开门的声音。肯定是奥尔加奶奶了，毕竟她是我们家庭成员外唯一一个有门钥匙的人。为了不引起我们的恐慌，她大多时候都会先按一下门铃以示提醒。尽管如此，每次她一眨眼就飘进餐厅，活像一个五彩斑斓的幽灵，还是会把我们吓得血管里的血液都凝固起来。

　　"奥尔加，欢迎，你正好可以和我们一起吃午饭。"妈妈招呼道，"菜够所有人吃的。杂炒时蔬，可好吃了。"

　　"谢了，不过我不是为了跟你们共进午餐才来的。"奶奶掀起

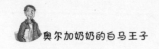
苹果绿的袍子，一屁股坐在剩下的唯——把空椅子上，"安德烈娅，亲爱的，你吃好了咱们就去购物。今天下午你没事吧？"

"购物？为什么要去购物？"妈妈问。

"因为你怀孕了呀。现在的裤子、裙子和衬衫很快就要被你撑爆了。"

"哎，总没有那么快的。"

"时间问题罢了。这已经是你第四次怀孕了，你也该知道了。"

"奥尔加！"妈妈反驳，"我再穿一两个月 T 恤完全不是问题。"

"但裤子就有问题了。"奥尔加奶奶从我的盘子里顺走一块红椒，"还是说你想单穿内衣上街？"

莱娜、卢卡斯和我听了这话面面相觑，接着爆发出一阵咯咯的笑声。想象一下妈妈挺着大肚子穿着内衣在奥斯特大街上散步、去超市买东西的样子，那简直太好笑了。

"谢谢你的邀请，奥尔加，但我现在对孕妇装没什么兴趣。"只有我看见妈妈头顶弹出了一个文字泡，里面写着："就算去我也宁愿一个人去，才不要带上这么个不靠谱的婆婆。"

"太遗憾了。我本想带你去埃彭多夫的一家新店呢。"

"奶奶，我倒是想跟你逛街。"我提议道。

说不定她能给我买一个新的蝴蝶发夹，或者一件宽松透气的 T 恤呢。此外我还可以趁机悄悄打探打探她目前的恋爱状况。

幸而奥尔加奶奶接受了我的提议。可二十分钟后，我们甫一踏上大街，奶奶的表情就阴沉了下来，满是山雨欲来风满楼的不祥预感。"米娅，你听好，"她解释道，"咱们不是出来购物的。我想跟你两个人好好聊聊。"

呃，这听起来可不像什么好事。希望不是她出了什么事。也不要是妈妈和她肚子里的小宝宝。也别是爸爸。

"上周日在咖啡厅到底闹的是哪出？"

"你——在说什么呢？"我决定装傻。我本以为那件事已经过去了！

"真的不知道我在说什么？"

"不知道啊？"

"你全程都紧张得要死，还忽然说要呼吸新鲜空气，跑到外面待了那么久都不回来，还有你学校那些同学，恕我直言，他们看起来也都可疑极了。"

奶奶把她的袍子拉拉正，接着道："如果是我搞错了，那你要纠正我。但我始终觉得你们那天是想整我。"

"什——么？怎么整你？"我露出一脸无辜的表情，继续装乖。

"好吧，举个例子……"奥尔加奶奶认真思考了一会儿，"……比如我的林兹蛋糕里突然蹦出一只青蛙，或者咖啡杯里忽然有什么东西爆炸。"

"奶奶！"我激动地大喊，"你把我们当什么了！"我绝对不会做出任何会伤害到我亲爱的奶奶的事的。

我多希望奶奶能就此放过我啊！然而奥尔加奶奶仍然紧逼着我，现在连她嘴唇上的每一根绒毛我都能看清。"可是，"她低语道，"肯

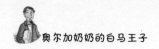

定有什么不对劲儿。"

坏了，这次是真的遇上麻烦了。奥尔加奶奶一旦开始追究，就决不会轻易放松。该死，我总不能告诉她真相吧！

一时间我都能听见自己的大脑在巨大的压力下嘎吱作响。此情此景下，我挤出一句："是耶特！耶特她恋爱了！"

"耶特恋爱了？"奶奶重复了一遍我的话，瞪大了眼睛。

"嗯，她爱上卢卡斯了！"天哪！我在说什么呢！但为了挽救事态的危机，我赶紧补充道："但是卢卡斯还不知道。千万别把这事说出去啊！"

"我保证。"奶奶顺了顺她的满头白发，"不过他们俩要是成了情侣，那可真是有意思了。噢，过个几年说不定还会……"

太有意思了。要是耶特知道我把这事儿说出去了，肯定会要了我小命，这也有意思着呢。但事出紧急，为了保守秘密，我也只能出此下策。否则泄露的就是我们的白马王子大作战了。

"真的没别的了吗？"奶奶还是不肯放松。

"真没了。"我露出一个甜甜的微笑，撒谎道。

"好吧，我的小蝴蝶。那咱们继续逛街吧。"

下一秒，我终于成功偏离了奶奶的弹道。希望她再也不要提那个星期天在路易斯咖啡厅吃蛋糕的事了。要是再来一次，我可能就没法儿这么顺利地瞒天过海了！

白马王子大作战：第二回合！

周日下午，耶特、阿林娜和莱奥妮聚在我屋里，坐在蓝白条纹长地毯上开作战会议。正巧莱娜去参加生日派对了，因此我们无须担心有人打扰。

"天底下再没比咱们还不擅长给别人找男朋友的了！"阿林娜叹了一口气，"咱们不如把征友启事都回收了吧。"

"你疯了吗？！"耶特往眼镜片上呵了一口气，这已经是她今天第 N 次做这个动作了。这样貌似能把眼镜擦得干净无比，事实上却只会越弄越花。

"迄今为止只有一个人给你打过电话，那个人还偏偏是傻小子卡斯帕，"阿林娜继续道，"不会有人再打电话来了！"

耶特耸耸肩，重新戴上她那副脏兮兮的眼镜。

"好了，"我插进对话，"可我们除此之外还能怎么办呢？"

"凉拌（办）。"莱奥妮拿过小熊软糖的袋子，兴冲冲地把手伸了进去。她今天心情这么好是有原因的：她养的小豚鼠霍斯特终于战胜了稀奇古怪的病，有望长命百岁了。"说不定这就是命运的

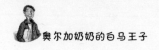

安排呢。"

"你这是什么意思?"我问。

"所有一切都在告诉我们,咱们做的这些蠢事该停下了。"

"才不是蠢事呢!"耶特怒气冲冲地反驳,"我们只不过是运气一直不太好。"

莱奥妮吧唧吧唧地嚼着软糖。"好吧,那接下来咱们可以随便诱拐一个老爷爷,把他绑起来运到奥尔加奶奶那儿去。伟大的爱情故事这样就能诞生了。"

四个人一齐沉默了,只有我的史努比闹钟还在嘀嗒嘀嗒地转动着指针。耶特啃着小饼干,莱奥妮揪着蓝白条纹地毯上的小毛球,阿林娜的视线飘向空中,我则一动不动地盯着秒针。

"茶舞会!"时针指向数字四的那一刻,我大叫出声,"耶特,你之前说过的,茶舞会!"

"我是说过,"耶特答得一脸呆滞,"咱们当时在去芭蕾课的路上,你还嫌这主意不靠谱。"

"但我现在不那么觉得了。"

"茶舞会……"莱奥妮摇头晃脑,若有所思,"是不是那个一群老爷爷老奶奶结对跳舞的活动……"

"还有喝茶。"阿林娜补充,"就是它。有时候也会喝咖啡、小香槟或者鸡蛋利口酒。"

"你们打算从这种活动里给奥尔加奶奶捡男朋友?"

"至少可以试试,"我解释道,"去茶舞会的男人肯定比公园里和驾驶座上的男人更有交配的欲望。"

"噫，米娅！"莱奥妮怪叫一声，厌恶地颤抖着，以至她那细长的辫子都飞起来了，"你非要这么说不可吗？"

"为什么不，"我淡定地回道，"老年人也肯定是想要互相亲热的，还会想一起做点儿别的什么。"

"别的什么？！你想说什么'别的什么'？！"大写加粗的"恶心"二字此刻就印在莱奥妮的额头上。

"那些都随便吧！"莱奥妮终结了这段差一步就要吵起来的对话，"咱们还是接着想那个茶舞会的方案吧。听起来是还不错。"

"你们打算从哪搞来活动举办的时间地点？"她接着嘟囔道。

"上网找。"我一步冲到门前，"我去问爸爸能不能用下他的电脑。"

爸爸妈妈正坐在阳台上，品着茶，享受着初夏温暖的日光。

"你们当然可以用电脑，"爸爸说，"但记得小心点儿，不要一不留神把什么文件给删了。"

我信誓旦旦地向爸爸做出承诺，然后便迅速蹿回了屋里。他们还没来得及想到要再仔细追问我点什么。

"最好在谷歌搜索输入'茶舞会'和'汉堡'。"我带着爸爸的电脑回到房间后，阿林娜建议道，"或者'茶舞会''汉堡''活动'。"

"再比如'活动日历'？"耶特思考道。

"你们干吗呢？"莱娜从门框边探出头来。我刚刚完全把她

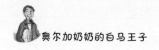

忘了！

"做学校作业呢。你先出去。"我不耐烦地回复，但莱娜却像脚下生了根一样，站在那里一动不动。

"周日做作业？"她追问道，语气怀疑，"你们脑子没问题吧？"

"如你所见，没问题得很。"

"什么课的作业？"

"莱娜，一边儿去，明白吗?！"我像妖怪一样瞪大了眼睛，莱娜终于不情不愿地离开了。我这才按阿林娜的建议把关键词输了进去。然而谷歌给出的最上面几条搜索结果都对我们一点儿用没有（都是关于去年举办的茶舞会的新闻报道），直到我听莱奥妮的，补上了关键词"老年"，才终于找对了地方。

"从华尔兹到狐步舞，从恰恰舞到伦巴舞。迪特玛·贝尔的老年茶舞会与您相约阿尔托纳活动中心，"我大声念出屏幕上的文字，**"五月二十九号下午三点开始入场。"**

"就是它！"我喜形于色。

耶特却皱起眉头："那咱们就得翘掉芭蕾课了。"

"所以呢？翘掉一节芭蕾课有那么严重吗？"阿林娜问，"如果是为了奥尔加奶奶，我随时可以不去踢足球。"

耶特抱怨了一小会儿，最后还是同意了。

"你呢，莱奥妮？"我问，"你也跟我们一起去吗？"

"当然，"莱奥妮用差不多平复了的声音答道，"但我不会跟任何男人搭讪的。这可得说好了！"

对我来说，我们四人组又能一起出动了就好，这才是关键——因为这样才是最有意思的。

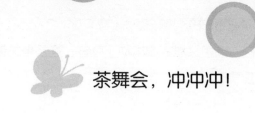

茶舞会，冲冲冲！

不巧的是，偏偏周三，莱娜像块狗皮膏药似的黏着我，怎么甩也甩不掉。

"你到底打算去哪？"她在我耳边大喊，"你都没背芭蕾课要带的包。"

"去找耶特、阿林娜还有莱奥妮，"我草草回答，"你有意见？"

"骗人！你可不会就为了参加一场无聊的朋友聚会翘掉芭蕾课。耶特就更不可能了！"

"当然不无聊。"

"那很有聊咯？"她打探着，一脸狡猾。

"无聊还是有聊，一会儿就知道了。拜拜。"我把莱娜推到一边，飞快地跟爸爸打了声招呼，然后便出了门。

我一走到街上，天空就飘起了毛毛细雨。对白马王子的登场来说，这天气不是很理想，但我仍然期望着今天我们的计划能够成功。茶舞会——这地方听起来就像是有许多英俊的老先生，期待着结识一位奶奶那样优秀的女士。

"咱们今天还是别干傻事了，去吃冰激凌吧？"公交车上，莱奥妮试图改变我们的预定行程，"香草、柠檬、薄荷味的！多好吃啊！"

"不要，不去。"我坚决地说。

"不要，才不去呢！"后方传来一声附和。我猛一回头，以为自己在做梦：是我那烦人的妹妹！她是怎么做到的，竟然无声无息地跟踪了我？

"莱娜，你现在就给我下车，然后坐下一班车回家。"

"可你不能放我一个人在镇上乱跑。"莱娜无耻地笑了。

"总有一天我要把你心爱的毛绒玩具扔进搅拌机！"我绝望地一拳捶在前座的扶手上，"我干脆也跳易北河算了！"

"还是算了吧，米娅。那样你全身都会湿透的。"阿林娜一本正经地劝道。接着她的脸上浮现出一个笑容："不过你为什么这么不愿意莱娜跟咱们一起来？"

"我就是不喜欢咱们四个约会的时候我妹也在边上。而且她肯定还没买车票！"

耶特转而面向莱娜。"你为什么不去跟自己的朋友玩呢？"

莱娜的肩膀都快耸得跟耳朵一边高了。她突然这么一副闷闷不乐的样子，我只好代为回答耶特的问题。"她的两个好闺蜜去年都搬走了，"我解释道，"自那以后莱娜就没朋友了。"

"我当然有朋友！"莱娜反驳，"有好多呢！"

"但就是没有能整天如胶似漆黏在一起的好朋友，就像我们

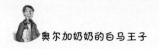

四个这样。"

我的小妹立刻无言以对了。没有好朋友的确是件令人难过的事，我也确实觉得她有点儿可怜。但她因此才更应该去交点新朋友，而不是成天黏着我不放。

"原来如此。好，那今天下午就破例让你跟我们一起吧。"耶特在莱娜面前挥挥眼镜，"但是下不为例，OK？"

"OK。"莱娜小声嘀咕道，"谢谢。"

"但这样一来咱们就不得不跟她透露那件事了，"我对耶特轻声耳语，"天知道她到底会不会保守秘密。"

"当然会了！"莱娜生气地嚷嚷道，也不知道她这双超级顺风耳是遗传谁的，"难道你们要去埋尸体？"

"好吧，谁愿意给她把事情的来龙去脉讲了？"我无力道。

耶特可怜我，洋洋洒洒地讲起我们的奥尔加奶奶白马王子计划，等她终于闭上嘴时，我们已经该下车了。

"真的假的？哇哦！太厉害了！"莱娜听完激动得语无伦次，她扒上我的胳膊，"你之前要奶奶的照片也是为了这个，是不是？"

"是是是，名侦探莱娜小姐。但现在请你闭上嘴乖乖跟在我旁边！"

"我不能跟男人搭讪吗？"

"当然不能！你和莱奥妮今天就安安静静地当我们的助手。"

"如果非这样不可的话。"莱娜又回到了她那拖拖拉拉的说话腔调。

"没错，就是非这样不可。"

再走不到五百米，我们便到达了目的地。此间她按我的要求一声也没吭。

"这个破棚子是干吗的？"莱娜问，像个险些窒息而亡的人一样大口大口地喘气，看来刚才她一直在拼命憋气。

的确，眼前的三层建筑与其说是幢房子，不如说就是个棚子。我呆呆地任由自己的视线在这座建筑的表面逡巡。最上层有一块被打破的窗玻璃；几只受惊的鸽子扑棱着翅膀四散飞离。远处传来的华尔兹乐声飘进我们的耳朵。

"这地方会有白马王子？"莱奥妮呆愣着，喃喃自语道。

"为什么不会有？"阿林娜反驳，掏出一盒苹果汁给自己振奋精神，"真爱往往险中得。"由于读过很多言情小说，阿林娜对此十分精通，这可真是帮大忙了。

这时出现了一对头发花白的夫妇，正手挽着手向入口走去。

"走起！"我压低声音道，抓起了莱娜的手，"咱们就假装是他们的孙女。"

转眼我们来到了一个霉味扑鼻、仅由几个裸灯泡照亮着的走廊。

"老天，可真是个舒服的好地方！"耶特感叹。

"安静！"我小声提醒，紧随在老夫妇身后。莱娜的手和我的贴在一起，因为出汗而变得又热又湿，但我还是把她的手攥得紧紧的。"你们走快点儿！"

"我们这就跟上来！"我听见阿林娜气喘吁吁地回答。

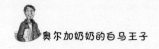

我们蹑手蹑脚地穿过走廊，路过几个厕所和一个杂物间，终于，白发苍苍的老爷爷推开一扇上有涡卷形花样装饰的门，和爱人一起进了舞厅。我们正打算跟着溜进去时，一声尖锐的口哨声响起。

"别动！"我们惊恐地转过身，发现一个蓄着大胡子、穿着深蓝色保安服的男人正面对着我们，"你们想去哪？"

"去哪，去茶舞会啊。"耶特答得那么理所当然，好像十一岁小姑娘来参加这种活动再寻常不过了似的。

男人一笑，露出一排发黄的马牙。"但参加茶舞会的最低年龄是十八岁，而且还要收十五欧元一个人的入场费。你们五个人，就是七十五欧元。"他从低矮的钢架子上摸索出一个小钱箱，在我们面前摇了摇。

耶特忘记谎称我们是前面进去那对老夫妇的孙女，只是茫然地问："但刚才那两个人……他们也没交钱啊。"

"那是自然！""马牙男"的笑容更深了，"城堡本就是属于它的主人的。"

耶特像是想再说点什么，但终究还是闭上了嘴巴。

"行了，赶紧走吧，随便上哪玩儿去。"

玩儿？！我们？！这就很伤人了。

"现在怎么办？"眨眼工夫我们就又回到了建筑物外面。耶特抱怨着，"我就这么平白翘了一节芭蕾课。"

"我不也一样。"我回嘴。

阿林娜也不满地嘟囔道："我今天本该跟妈妈一起去挑新的厨

房桌的！"

"你们为什么不就在外面跟男人搭讪呢？"莱娜插嘴道，"本来这样还更有效率呢。"

"难道不是因为外面一个人没有？"我垂头丧气地答道。

"可肯定时不时会有人出来抽烟呀。"

"你想给奶奶找一个老烟枪？"阿林娜踢开脚边皱成一团的烟盒，"不过你妹妹说得对。我们至少可以试试。"

"我也这么觉得，"耶特表示赞成，"至少情况不会比在红绿灯边上搭讪糟糕。"

"好吧，"我让步了，"谁打头阵？"

莱娜把手举得老高。"我！我！我！"

"你只能闭上嘴当我们的助手。忘了？"

真希望她能学学助手二号——莱奥妮，全程一声不吭。令人欣慰的是，莱娜乖乖听话了。这样我就可以不用把她送到专门管教烦人的妹妹的机构了。

"我有主意了！"耶特拨掉落在她红色 T 恤上的金色发丝，"咱们一起上吧。人人为我，我为人人！"

大家纷纷点头。仿佛被我们触发了关键词一般，一位老先生出现在了拐角。他有着一头卷曲蓬乱的雪白头发，身着夏季西装，胸前浅紫的插巾上点缀着白色波点，更添一分可爱。可以想象，这是奥尔加奶奶喜欢的类型。这位老先生甚至长得跟一位过了气的影星有几分相似。

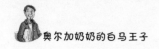

"上！"耶特招呼着，"咱们就假装是在这附近消磨时间，一不小心堵了他的路。"

"但你别整得跟个牛仔似的啊！"阿林娜挑刺。

这刺挑得倒是在理。因为耶特此刻正以两腿开立、双手叉腰的姿势大刺刺地站在院子里，就差再来一头小马驹了。

"哟，小姑娘，今天真是个好日子，不是吗？"老先生向我们问了声好，目光闪烁。

"明明直到刚才为止都在下雨，现在天气也闷热得要命！"耶特的回应极其不解风情。

"孩子，我跟你说，到了我这个年纪，只要起床以后身上不觉得疼，每天都是好日子！"

我眼看这次尝试即将走向失败，这时我的妹妹踮起脚尖儿，没经我的允许便开口道："您说不定还能过上比现在好得多得多的日子呢！"

"哦？怎么整？"

"我们俩……呃，我姐还有我，准备为您提供一位女士。"

为您提供一位女士！救命，莱娜疯了吗？我不动声色地把她推到一边。

"不好意思，你说什么？"老先生问，揉了揉自己的左耳。看样子至少他的耳朵里没长白毛。

"您想不想认识一位出众的女士？"耶特插话。

"想，当然想了，女人多好啊！尤其是漂亮女人！简直是棒极了！"

耶特唰地转向我，对着我的耳朵小声道："照片！照片呢！"

噢，我完全把这茬儿给忘了！我连忙在裤兜里摸索一番，然后把照片暗中塞给了耶特。

"您看看这张照片！"耶特把照片递给老先生，"多漂亮的一位女士啊，对吧！"

幸好，我奶奶还不需要我们花大心思包装。

"啊哈，这是谁啊？"老先生接过照片，伸长了胳膊仔细研究。

"是她的奶奶！"耶特骄傲地回答，手指指向我，"她现在还是单身，难以置信吧！"

老爷爷摇摇头，揉搓着自己刚刚刮过的脸颊，喃喃自语道："这位女演员看着有点儿眼熟，她是不是演过哪部电影——《来自基维茨沼泽的女巫》？"

阿林娜和莱奥妮笑出了声，莱娜转而面向我，轻声说："我看这个人脑瓜儿有点儿不正常吧。根本就没这么一部电影！"

可能吧，但我倒觉得这不是什么严重的问题。奥尔加奶奶不也经常做出各种奇言异行嘛。

"我既没听说过这部电影，我朋友的奶奶也没当过什么女演员，"耶特以天使般的耐心解释道，"但无论如何，您现在还可以争取她。"

"什么？"

"您！还可以！争取！米娅的！奶奶！可以跟她一起看电影！一起吃蛋糕！还可以亲她！"

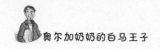

我余光瞥见莱奥妮厌恶得扭曲了的脸。

"不好意思，可爱的孩子，我耳朵听不太清。因为没戴助听器。"老先生大笑道，笑声像铁皮水桶撞在一起一样响亮刺耳，"还是不戴助听器看起来比较年轻，是吧？关键是这样更容易成功约到会场里的 Lady。"

"可我这不是正给您介绍着一位……啊啊，Lady 嘛！"耶特绝望地扯起了她那头宝贝金发。

"你们真是一群可爱的小姑娘，"老先生冲我们挨个儿笑了笑，"这张照片上的女演员也十分漂亮。我要走了……再见！祝好！"他调整了一下那块点缀着白色波点的浅紫色领巾的位置，然后身影消失在时时飘出乐声的房子里。

我们一行仿佛被雷劈过一样僵在原地。

"来个人掐我一下，"许久过后，耶特张口道，"我是在做梦吧？"

我如她所愿，伸手一掐。

"哎哟！"耶特一声哀号。

莱娜、莱奥妮、阿林娜和我放声大笑。

"刚才那个人可真是蠢到家了！"耶特抱怨。

"他挺好的，就是耳朵不太好使。"阿林娜更正。

"你们跟男人搭讪一直都是这个结果？"莱娜好奇。

"可我们又没带助听器。"此时耶特也忍不住笑出声来，"要是白马王子那么好找，我们也不会到这个鬼地方来了。"

"好了，现在总可以回家了吧。"莱奥妮催促道。

"不要嘛！"莱娜哀求着，"好戏才要开始呢。"

"你还是忘了这茬儿吧。我可没心情再来一次了！"我愤愤道。我本不是个爱抱怨的人，但眼下怎么看都已经无路可走了。也可能我只是需要来点儿甘草软糖，重振一下精神。

耶特仿佛读透了我的心思，她提议大家先吃点甜食（更准确地说是耶特用她那充裕得过分的零花钱请大家吃），吃完再做最后一轮挑战。

"好吧。"被她说服，我妥协了，并且主动提出和耶特一起去买。我把妹妹暂时交给阿林娜和莱奥妮看管，这才免得担心她把半个汉堡闹得鸡犬不宁。

七分钟后，我们带着一包甘草软糖赶回来的路上，耶特突然紧紧抓住我的胳膊，尖叫起来："什么情况？什么情况？什么情况？"

我沿着她食指的方向望去，这样的一幕映入眼帘：阿林娜、莱奥妮、莱娜和我们的家教老师克兰菲德先生正在人行道上围成一圈，聊得不亦乐乎！

"她们不会是要把奥尔加奶奶介绍给他吧！"我气得要爆炸了。

"咱们快过去！趁事情还没发展到无可挽回！"耶特撒腿就跑，我也赶紧跟上。

"嗨，克兰菲德先生！"下一秒，她扯开嗓子大喊，音量之大

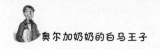

让阿林娜、莱奥妮和我的妹妹唰地一下散开了，好像都被虫子叮了似的。

克兰菲德先生看向我们，先是皱了一下额头，然后脸上浮现出一个微笑。"嘿，原来是你们！你们在这儿干什么呢？"

"我们……呃……"我高举起手里的袋子。"我们买了甘草软糖，正要开吃！"

"顺带一提，她们几个是我们的朋友，"耶特指着阿林娜和莱奥妮说，后两者的嘴巴因为震惊张着还没合上。

"还有我小妹莱娜。"我补充道。如果我没记错，莱娜还从没见过我们家教老师的庐山真面目。

"哈哈，真是个有趣的巧合！"克兰菲德先生咖啡棕色的眼睛一闪，"她们仨刚才还在问我有没有兴趣认识一位友善的女士。"

多么可怕。多么尴尬。真是恐怖极了！我只能祈祷奥尔加奶奶的名字还没出现。

"听起来很有诱惑力，我说真的。"克兰菲德老师沙哑着嗓子笑了，"但一来我没什么兴趣，二来……你们做这个干吗？"

"哦，这是学校布置的……"我在阿林娜、莱奥妮和莱娜说漏嘴之前抢答道，"一个实验！"话一出口，我就发现自己编了个多么蹩脚的谎言。莱娜比我们小两岁，为什么要和我们一起做学校的实验？何况她跟我们上的根本不是同一所学校。

然而克兰菲德先生却眼睛不眨一下地接受了。"那祝你们实验顺利。"然后他调整了一下他那时髦的皮带扣，向我们挥挥手，抬脚就走人了。

我冒着踩到狗屎的危险跌跌撞撞地走到一棵树下，靠在树干上以求支撑。"你们还有救吗？！"我怒斥眼前二位前无古人后无来者的搭讪者，事态差点儿就要因为她们过分高涨的工作热情而变得无可挽回了，"你们不该跟我们的家教老师搭讪的！"

"为什么不行？"莱娜问。

"因为……因为克兰菲德先生比奶奶年轻太多了！这就好比你们把妈妈介绍给……介绍给了打嗝先生！"

耶特恐怕也是这么想的，在一旁奋力点着头。

"但我们怎么会知道那是克兰菲德先生呢？"阿林娜难过地说。她脸色煞白，都让我有些后悔怒骂了她。

莱奥妮揉着腰上的游泳圈。"别生气了，米娅。我们也只是出于好心。"

"是啊，好吧，"我承认，"咱们把这事儿忘了吧。"

从根本上讲，她们仨并没做错什么。只是我觉得，万一克兰菲德先生看见了奥尔加奶奶那张浓妆艳抹的照片，那就真的尴尬到家了。

我们不知所措地面面相觑。现在怎么办呢？

一个令人忧虑的想法悄然出现在我的脑海里：或许给奥尔加奶奶找白马王子根本就只是我们的一场胡闹。因为爱情该来时自然就会来的，而强扭的瓜不甜。

"姑娘们，我想可能咱们做的事都是无意义的……"我嘟囔着，

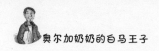

"至少奥尔加奶奶没有白马王子，日子看样子也过得挺开心。"

"哎，你可算是发现了！"莱奥妮叹道，然后脸上露出了整个下午第一个微笑。

但耶特提出了反对意见："你不会就想残忍地抛弃可怜的奥尔加奶奶吧？"

"恐怕是了，咱们别无他法。咱们不能强迫好男人跟奥尔加奶奶交往，那些蠢男人又压根儿不是考虑的对象。"

耶特失落地耸了耸肩。"可你要知道，那终究是你奶奶啊。"

我们无言地踏上了归途，连莱娜也不再多嘴多舌了。然而却眼睁睁地看见公交车从我们的眼前开走了。

"该死的公交车！"我大骂。

"该死的命运！"耶特痛斥。

"该死的社会！"阿林娜抱怨。

"该死的衰老！"我们身后响起一个沙哑的声音。

我们转过身去，只见一位戴着帽子的老先生——岁数大概是在奥尔加奶奶和差不多该踏进棺材板的年龄之间——正站在一张广告牌前。广告牌上画着一对年迈的夫妇，手牵着手，散发出幸福的光辉。而这幸福的源泉，据广告牌称，是一种能给老人带来生活乐趣、精力与爱情的药品。

"什么？"耶特问。

"该死的衰老，我刚才说的。"

"您的意思是您讨厌衰老？"阿林娜追问一句，好像她今天也忘了戴助听器似的。

"是啊，讨厌极了。要是能再体验一次这东西，我愿意用任何东西来交换。"他指了指广告牌上那对享受着爱情甜蜜的老夫妇。

"您的意思是，您想找一位梦中情人共度幸福生活？"大嘴巴莱娜插嘴。

"梦中情人！天上有，地上无啰。平凡女人我已经受够了。"

"噢，说不定我们能帮上您呢！"我匆忙说道，激动极了。

"什么？这是什么意思？"老先生睁大一双湿润的翠绿色眼睛盯着我看。

"您或许不相信，但我们能为您介绍一位女士。说不定她就是您的梦中情人呢！"我颤抖着手从裤兜里取出奥尔加奶奶的照片。耶特添油加醋地讲起整件事的来龙去脉，其间莱娜和阿林娜不时发出兴奋的尖叫。我想，生活中有时的确需要一点儿耐心。事情总会有所转机的。

利贝斯许特尔先生与绿色旅行包

"您真的确定一定以及肯定要跟我奶奶见面吗？"我又问了一遍已经再三确认过了的问题。此时我们五个正和那位年迈的白马王子一起坐在公交车站的长椅上，就在刚才，我们的面前又开走了一辆车。

"确定！乐意之极！只要那位尊敬的女士也愿意见我。"那位老先生——他自称是利贝斯许特尔先生——冲我们粲然一笑，露出一口亮闪闪的白牙。除此之外，他整个人也打扮得干净整齐，十分惹人喜爱。干净无毛的耳朵，剪得短短的斑白胡须，粉色的 Polo 衫搭配浅色的长裤，裤子还被熨烫出笔挺的裤线——只有脚上的一双软底鞋看上去有点儿像是二手的。但估计奥尔加奶奶根本不会看那么仔细，注意到他的脚。

"您平时有什么兴趣爱好？"我进一步提问，因为我们现在要开始正式面试这位白马王子候选人了。

"对，问得好，还有您的性格如何？"莱娜没礼貌地追问，"这可比兴趣爱好重要多了。"

利贝斯许特尔先生哈哈一笑。"好，我先回答爱好这个问题：我喜欢探访各种餐厅。我热爱大自然，喜欢老爷车，嗯，当然也爱好读书。侦探小说啊，爱情小说啊，古典名著啊，什么都读。除此之外，我还最擅长品鉴红酒。"

听起来棒极了。至少这位老先生不是个呆瓜！奥尔加奶奶肯定会喜欢他的。

"然后说说我的性格吧，"他继续道，"就我能评价的，我是一个诚实、忠诚、可靠的男人。我擅长倾听，总在为身边人的幸福着想。另一方面……"他沉思了一小会儿，才开口道，"我也是普通人，自然也有缺点。我有时候不太有耐心，有时候还会骂人。"

"这没什么的。"我接过话，想到了自己的爸爸——他是世上最可爱的人，但不时也会突然毫无征兆地破口大骂。

"告诉我，小姑娘，你奶奶知道你们为了她这么拼命吗？"

"当然不知道了！"利贝斯许特尔先生对我们很坦诚，我们最好也对他打开天窗说亮话，"她要是知道了，绝不会允许我们到处给他找白马王子的。"

老先生含笑注视着我们，双眼闪闪发亮。"那就是说，我在你们眼里真的是位白马王子啰？"

"绝对是的！""那是自然！""当然咯！"我们七嘴八舌。

"哈哈，那可太让人高兴了！只希望你们奶奶也能这么想。"

"肯定会的，"我十分确定，"怎么会有人不乐意认识您这样的人呢？"

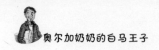

利贝斯许特尔先生微微一笑。"一切都很理想。只是我总不能直接走进她家客厅，对她说："嗨，您的白马王子来了。'"

我们听了忍俊不禁，第一个笑出声的还是莱奥妮。

"当然不了，"我赶忙说，"您知道路易斯咖啡厅吗？"

"不知道，但我有兴趣了解一下。"老先生出神地一直盯着蹦跳而过的麻雀，嘴角带着一丝微笑。

"如果你觉得可以，那我就把奶奶约到那儿，然后您也过去——记得在扣眼儿里插一朵粉色的康乃馨。"

利贝斯许特尔先生点了点头，摇了摇头，下一秒又点了点头，迟迟下不了决定，鼻子皱成了一团。"小姑娘，你打算怎么在约定的时间把你奶奶带到咖啡厅去？"

"林兹蛋糕！"我欢呼道，"我会告诉她，又是时候去吃美味的林兹蛋糕了。"

"这是个好主意，小宝贝，只是我不想让你亲爱的奶奶为难。"

"如果奶奶嫌你蠢，"莱娜插进对话，"她肯定会直接跟你说的！"

我悄悄用手肘撞了一下她。怎么说话呢！但利贝斯许特尔先生又在笑着观察麻雀了——这次的是从另一边跳过来的。他像莱奥妮一样嘟了嘟嘴，然后说："那好。咱们就试试吧。"

我们交换了手机号码（准确地说是耶特的号码，因为我记不住自己的），然后在握手、屈膝礼和嬉笑声中道了别。我们保证会尽快通知他约会的日期和具体时间——如果运气好，今晚或许就能确定下来。

"今天我也在场，真是太好了！"拐进我家所在的那条街时，莱娜得意洋洋地大声说，"特别好，是不是？好极了！"

"对对对，好极了。"我应声附和——虽然只是为了让她不要再像录音留言一样吵吵个不停。

"你看，是奶奶！"莱娜伸手一指，"她出现的真是时候！"

奥尔加奶奶果真站在我家门口，但脚上踩着家居拖鞋，身上也没背她最爱的邮差包。可能她只是出来替爸爸妈妈取邮箱里的信的。

"你先别说任何跟林兹蛋糕还有去咖啡厅有关的事，明白吗？"我再三嘱咐莱娜。

"为什么不行？"

"因为要是我们突然提这件事，奶奶会有所察觉的。她可不傻。"

我们向她挥手，奥尔加奶奶却毫无反应。这就很奇怪了。

"怎么了，奶奶？"我们走近了些，莱娜喊道。但奶奶的嘴只是像鲤鱼吐泡一样张了合、合了张。只见下一秒爸爸跌跌撞撞地冲出房门，妈妈跟着下了楼梯，小心翼翼的样子好像脚底踩的是生鸡蛋似的。最后在楼梯平台上现身的是卢卡斯，手里挥动着妈妈的绿色皮制旅行包。

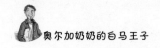

我一个箭步冲到楼梯上。"什么情况？你们要去哪？"

"带妈妈去医院。"爸爸的声音极为冷静。

"为什么？"我一下子浑身又湿又冷，仿佛有四百只青蛙趴在背上。

"保险起见去检查一下而已。"妈妈指了指她肚子，那里住着我还未降临于世的小弟弟或小妹妹，"我的肚子有点儿痛。"

"不是吧！"我不由得惊叫出声。就我所知，怀孕期间肚子痛是相当不妙的。

"别担心。"妈妈浅浅地笑了一下，"肯定没什么大不了的。"

"我们能一起去吗？"莱娜问。

"不行，你们跟奶奶一起待在家里。奶奶会照顾好你们的。"我们还没来得及提出异议，爸爸就把妈妈扶上了车，发动了引擎，我家那辆地中海蓝色的帕萨特转眼没影儿了。

我深有世界末日来临之感。不能这样！不应该是这样的！为什么生活有时候这么残酷、这么不公？

"孩子们，过来。"奶奶招呼我们到她身边，"我去弄点儿热可可吧。"

莱娜固执地站在踏脚垫上一动不动，下颚颤抖着，她问："奶奶，小宝宝……小宝宝会死吗？"

"当然不会了！"奶奶大笑着说，然而她那尖锐的笑声如今却令我感到十分烦躁。她这么回答很可能只是为了安抚我们的情绪吧。

"你怎么知道啊。"卢卡斯从我们身边飞快地走过,把穿着的运动鞋甩在地上。"爸爸都把妈妈送医院了,不可能只是开开玩笑。"

"当然不是玩笑。"奶奶把我和莱娜推进客厅,"但我们也不能老想着最坏的结果。想也一点儿用没有。"

她说得自然在理,但真的很难不去想最坏结果。

几分钟后,我们喝着热可可,听奶奶讲过去的事。她说我们的爸爸还在她肚子里的时候是个十足的调皮鬼,一会儿手舞足蹈,一会儿小腿儿蹬个不停,还经常对着奶奶的肚皮练拳击。难以想象,高大的爸爸曾经也是那么小小的一团,蜷缩着身子待在奶奶的肚子里,尽管他现在人高马大,还蓄着络腮胡子。他是不是那时候就长成这个样子了?只不过是现在的袖珍版?

我左耳朵进右耳朵出地听着奶奶的话,视线投向窗外碧绿的菩提树,思考起我们家的讨厌鬼三号会是一副什么模样。会是一个女版卢卡斯吗?还是说会是一个男版的我?也可能长得像莱娜、卢卡斯和我的混合版?

一只小鸟飞落在树枝上,朝厨房里的我们啾啾鸣叫。我是怎么了?为什么我会觉得喉咙被勒得紧紧的,嘴巴不可思议地发干?我望向莱娜,望向卢卡斯,望向奶奶——他们三个人都哭丧着一张脸——那一瞬间,我忽然明白:我在害怕,怕妈妈会就此失去小宝宝,怕得要命。

我的弟弟或妹妹应该降临到这世上来!我想抱抱它,想亲亲它,想闻闻它身上那股肯定说不上好闻的奇妙味道。耶特、阿林娜和莱奥妮要是听见我现在这么说，肯定会觉得我疯了。这也难怪，那张利弊清单现在还躺在我的书桌里，直到今天早上，我的想法都没有改变过分毫：我不希望一个吵吵闹闹、头上没毛的小东西成为全家的中心！而现在，我竟然一想到妈妈回来时肚子里的那个小家伙可能已经不在了，就感到如此不安……

我们觉得时间流逝得异常缓慢，仿佛被拉长的口香糖。奥尔加奶奶在锉指甲，卢卡斯每五分钟去冰箱里拿一次东西，莱娜不停地拨弄着收音机，直至我们的耳朵都痛了起来。我频繁地扭头去看电话，恳求铃声响起，但从始至终回答我的都只有一片静寂。我跑去检查了几次电线是不是坏了（事实上一切正常），其间还试着给爸爸的手机打了几次电话，然而对方关机。时钟的指针指向了六点时，莱娜突然毫无征兆地哭了起来。

"小莱娜，冷静点儿，"奶奶用温柔的嗓音安慰她，"要不要玩Mau-Mau①？"

"可为什么我们连医院都不能去？"莱娜不饶不休。

"因为你们妈妈说了……"

"她怎么说都无所谓，"我打断了奶奶，"我也想去找妈妈！"

最后连卢卡斯也开始缠着要去医院。奶奶做了个鬼脸（那个鬼脸的意思大概是：这群烦人的小鬼），终于撑着桌子站起身来，说

---

① 一种智力游戏。游戏规则如下：玩家各自摸牌（通常是 5 张），剩余牌作为牌堆。游戏开始时，取牌堆最上面一张牌，玩家根据此张牌依次出牌：只能出和这张初始牌花色一样或者花色不同、但数字一样的牌。若无牌可出，则必须另摸一张牌，等待下一轮。最先出完手牌的玩家获胜。

她这就去打电话叫出租车。然而她还没拿起话筒，门口便传来一阵钥匙声，房门开了。

"妈妈！"莱娜大叫一声，撒腿就跑了出去。她要是个漫画人物，这时候身后准有一片滚滚扬尘。

但奶奶、卢卡斯和我追着莱娜来到走廊上，却没见到妈妈的身影。回来的只有爸爸，他的两条胳膊耷拉得像垂柳一样。

"妈妈怎么样了？"我焦急地问，气息急促。

"暂时没事了，"爸爸长吁一口气，像是用尽了全身的力气，"小宝宝一切正常。安德烈娅要留在医院观察一晚。"

一块有如断崖那么大的石头终于从我的心头落了下来，掉在了面前。欢迎回来，小宝宝！我暗道，并给这个小家伙起名叫约瑟芬——虽然我并不能确定这位新的家庭成员一定就是妹妹。

"真的是真的吗？"卢卡斯追问，长长的眼睫毛忽闪忽闪。

"是真的！医生是这么说的。"爸爸回答。他看上去累极了，简直像是三天三夜没合过眼。"我饿死了，想大吃一顿意大利面。你们呢？"

心肝宝贝儿！

　　虽然爸爸做饭做得不错（这也是他经常喜欢拿来炫耀的一点），但番茄酱汁意大利面还是交给妈妈或者正宗的意大利人来做比较好。为了不让番茄酱汁做失败，保险起见我还是帮他做了一些准备工作。我用油煎了洋葱（模仿着妈妈一直做得那样），烧上煮面的水，还从冰箱深处翻出了一块剩下的帕尔玛干酪。在我忙这儿忙那儿的时候，爸爸这个"得力助手"把番茄切成了小块。

　　酱汁差不多开始咕嘟咕嘟冒泡的时候，我迫不及待地拿起电话，把整件事告诉了耶特。我跟她说，虽然妈妈把大家吓了个够呛，但还好现在一切又回归了正轨。

　　"噢，感谢上帝！"耶特叹息着说，"如果小宝宝……如果它……"

　　"是啊，那就太、太、太糟了。"我打断她的话，没让耶特把那个糟糕透顶的最坏情况说出来——看在上帝的分儿上。

　　"瞧瞧，蝴蝶小姐，你现在似乎挺高兴的嘛？"

　　"唔……我不知道，也许是挺高兴的吧。"我犹豫地嘟囔着。

　　"也许？"耶特笑了，"听起来可不是这样啊！"

"好吧,我很高兴。"我重新答道,这次态度更认真了些。

"哦,米娅,太棒了!太棒了!太棒了!"耶特在电话那边疯狂地亲吻话筒,听得我耳朵嗡嗡作响,险些失聪。

"是不错。"我平息了一下情绪。

"你现在可以把那张'小宝宝利弊一览表'扔掉了。"

"再看吧。"也许我会把它好好保存起来,以后拿给我的小弟弟或者小妹妹看。

"你还可以把它裱起来挂在厕所里。"

片刻之后我挂上电话返回厨房时,简直不敢相信自己的耳朵——莱娜围着奶奶,似乎正在跟她说去咖啡馆的事!

"……我们今天受到了惊吓,作为补偿,应该有蛋糕吃。"我只听到了她的后半句。

她怎么能这样呢!白马王子这件事是我一手策划的,我当然应该一直是领导!

"先吃意大利面吧,"这时爸爸插话道,"我感觉番茄酱汁做得不错,"他冲我眨了眨眼,"多亏米娅帮忙。"

莱娜没有注意到我恶狠狠的视线,自顾自地接着说下去:"奶奶,周六或者周日怎么样呀?"

"周末我也可以烤个草莓蛋糕啊,"爸爸提议道,"然后咱们可以一起庆祝妈妈回家。"他把锅子端到桌上,锅里意大利面正冒着热气。

"可你做的蛋糕……味道差到家了!"莱娜批判道。

"你说真的?上次的柠檬蛋糕你可吃了整三大块呢。"爸爸把

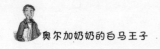

勺子递给奶奶。

"但路易斯咖啡厅的蛋糕更好吃。"莱娜坚持着。

"真有意思,"奶奶忽然发言,"你想什么时候去路易斯咖啡厅?"

"唔……让我想想……"烦人的小妹皱了皱她那小巧而挺翘的鼻子。她的鼻子上这几天开始长雀斑了。

"还没定是吧。"

"定了!米娅说是……"

"话到此为止!"奶奶气势汹汹地给自己盛了一整盘意大利面,粉色的T恤上都溅上了几滴番茄酱汁,"见鬼了,为什么我就偏得隔三差五去路易斯咖啡厅吃一次蛋糕?你们肯定瞒着我想干什么坏事!米娅,你有什么要解释的吗?"她把勺子递给我。

"不是……我……我们……"我磕磕绊绊地接过话,却似乎突然组织不出一个完整的句子。

"我可能是老了,但还没傻!"

"我当然知道。"我嘟囔着,自知心里有鬼,嘴里的水分像是都蒸发了一样口干舌燥。

"这点上咱们倒是意见一致。"奶奶坏笑着勾起嘴角,我从中嗅到一丝不妙的味道,"鉴于你们的奶奶如此冰雪聪明,相信也能猜到你们在打什么小算盘。你们是想给我介绍对象吧!所以米娅之前才管我要了那张照片。我说得对不对?"

我感到浑身先是一阵滚烫,然后是一片冰凉,接着又转为滚烫。

"什么?你们想给奶奶介绍对象?"卢卡斯惊叫,"为什么啊?"

"噢，真的是这样吗，米娅？"爸爸追问。

莱娜和我交换了一个眼神。我这小妹平时那么吵闹无礼，此刻看起来竟也跟我一样不知所措。

"是不是？"奥尔加奶奶又问了一遍。

我清了清嗓子，坦白道："是，你猜得没错。"

奶奶高声大笑起来，卢卡斯也发出咯咯的窃笑声。莱娜闷头往自己的盘子里盛了好多好多意大利面，爸爸则问我们脑子是不是出了什么问题。我忽然觉得插手奶奶的恋爱问题真是一件让人极其难堪的事，何况我们根本不知道她对我们找的白马王子有没有兴趣。

"啊哈，你们为什么要这么做？"奥尔加奶奶进一步问道，"我的意思是，你们怎么会想到要做这个？"

真希望耶特现在在场。要是她在，恐怕只要把眼镜摘下来，对着镜片呵一下气再认真地把它擦干净，然后就能给出一个滴水不漏的聪明解释了。但现在我能依靠的只有自己。"有一次你跟我说，自己总是一个人好孤单好寂寞什么的。你不记得了吗？"

"我记得。但那只是……人总有心情不好的时候。"

"好吧，"我惭愧地用餐巾纸掩住嘴，小声说，"因为你那天看起来太难过了，我就想……"

"你就觉得应该给我找个白马王子？"

我点了点头。

"奶奶，你就想象一下嘛！"莱娜插嘴，"我们几个今天……噢，'我们几个'是米娅和她的朋友还有我，我们在街上偶遇了一位白

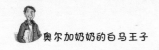

马王子，而且已经跟人家说定了要和你约会。"

"已经说定了？"爸爸一脸惊恐，好像我们是去户口登记局把奶奶跟利贝斯许特尔先生给登记了一样。

"我们约了他去路易斯咖啡厅！"莱娜的双眼像圣诞树上的装饰彩球一样闪闪发光，但奶奶只用六个字就扑灭了这道光芒。

"我可不会去的。"她用没有任何波澜起伏的语调回答，然后拿起了叉子，"用餐愉快。"

爸爸追问我们行动的细节，我便只粗略地给他讲了讲我们最新一次（成功）找到的对象。那些公园里、红绿灯边失败的搭讪，发遍半个汉堡的纸片，还有茶舞会上的尝试我都只字未提。就结果看来我的决策是明智的，因为爸爸仅是听了我们和利贝斯许特尔先生相遇的故事，就觉得我们的所作所为**既糟糕又危险，还极其令人担心**——明明是那个和蔼又可亲，连苍蝇都不会去伤害一只的利贝斯许特尔先生呀。

吃饭时，所有人都一声不吭。天哪，这说明他们现在心情糟得很！我偷偷瞟了一眼莱娜的样子，发现她也像我一样，胡乱吃了两口就放下了叉子。

"现在我们是不得不把跟利贝斯许特尔先生的约定取消了吗？"莱娜问，细若蚊声。

"噢，原来我的白马王子名叫利贝斯许特尔！"奥尔加奶奶像鸟儿展翅一样夸张地摊开双臂。

"这名字还不错吧？"我赶紧抓住这个机会，说不定还有可能让奶奶回心转意。但她的态度像切剩的面包头一样强硬，坚持让我们取消约会。

"至少见个面嘛！"我试图最后一搏。

"不，我的小蝴蝶，不会去的，也不想去。"

"哎呀，妈！"爸爸忽然转向奶奶，一把夺走了她手里拿着的帕尔玛干酪。奶奶刚才一直在不停地擦干酪，擦下来的干酪片已经在她的意大利面上堆起了一座小山。"既然丫头们已经跟那位先生说好了，那说不定利贝斯许特尔先生……"

"即使那个利贝斯许特尔长得有阿多尼斯①和美国总统加起来那么帅我也不会看他一眼的，因为……因为……"奶奶提高了嗓音，"因为我已经有对象了。我有男朋友了！"

"男朋友"三个字话音刚落，厨房便陷入了一片死寂。爸爸盯着奶奶。莱娜盯着奶奶。卢卡斯盯着奶奶。我盯着他们四个，费了好一番力气才没震惊得从椅子上摔下来。

莱娜第一个找回了语言。"奶奶，你真的已经有……"

"对，我有！情人！恋人！同居者！你们想怎么叫都行，孩子们！"奥尔加奶奶眼中闪动着热烈的光芒。

我多想问问她那个幸运儿是何方神圣，顺便再把利贝斯许特尔先生搬出来试一试——我打包票，后者肯定优秀得多——但终究没开得了口。耶特、阿林娜、莱奥妮和我折腾了这么长时间，想给奶奶

---

① 阿多尼斯是希腊神话中的植物神，传说相貌极为英俊，世间所有人与物在他面前都会黯然失色。如今常被用来形容异常美丽、有吸引力的年轻男子。

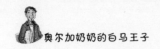

找到一位最优秀的白马王子，然而在我们挥洒着汗水忙这儿忙那儿的时候，奶奶竟然早就在跟别的家伙卿卿我我了！真令人感到忧伤。

"你没骗我们吧？"莱娜显然也不肯相信。

"骗你们干什么？"奥尔加奶奶把一大口意大利面送进嘴里，好像什么也没发生。是啊，什么也没发生，除了她有男朋友了。

"酷啊。"卢卡斯感叹道，"太酷了，奶奶。"

"是吧？我也这么觉得。"奶奶揉了揉她小孙子的脑袋。

"你和男朋友在一起多久了？"爸爸打探道。我注意到他正在极力装出泰然自若的样子。

"噢……还没多久。也就才几个星期。"奶奶嚼着嘴里的面，含糊不清地说，然后把食物一口咽下。

几个星期？我拼命思考着。我们开始找白马王子也就是几星期前的事。那时候她就已经有男朋友了？还是说他们正好是在那段时期认识的？但是什么时候认识的、又是怎么认识的？不管怎么说，那都肯定是我们去吃比萨之后的事了，因为那天奶奶还满脸嫉妒地瞪着所有牵小手的情侣呢。

"你不打算跟我们介绍一下你的男朋友吗？"爸爸继续问。

"当然打算！很快就会了。"

"很快是多快？"我好奇得快要爆炸了。

"非常快。"奥尔加奶奶看了看手表，"噢……好吧。"她自言自语道，"怪了。按理说他早就该到了。我们约了要去看电影。"

"什么？"爸爸在椅子上小幅度地震了一下，"他正要过来？

来咱们这儿？"

"对呀。你们没意见吧？"

"当然没有，妈。"爸爸回答，"我只是很好奇，这么长时间你关于他一个字都没提，然后却突然跟他约在咱们家。"

"别担心，他不咬人。"奥尔加奶奶含着食物大声笑道，"我把他调教得很好。"

好笑的是，没有一个人因为这句俏皮话而笑了起来。很可能是因为我们还都处在得知奶奶的恋人马上就要上门来的震惊中。或许是因为今晚妈妈的突发状况搞得大家手忙脚乱，奶奶忘记取消和克兰菲德先生的约会了。

门铃在这时恰巧响了。这回我比莱娜反应还快，飞奔到了门口。我紧张地打开门，首先闻到的是须后水的淡淡香气。然后克兰菲德先生出现在了我的视野里。咖啡棕的双眼，罗马式的鹰钩鼻，还有那剪得漂漂亮亮的小山羊须——是克兰菲德先生。

"啊，是您呀！晚上好。"我和他打招呼，十分惊讶，"可是……耶特现在不在这儿，我们没约今晚补数学呀。"

"没关系。"克兰菲德先生拨弄了一下他那条时髦的蛇皮腰带上的皮带扣。"其实我是来……"

他没能把一句话说完，因为奥尔加奶奶这时出现在了过道里，春光满面，简直像是圣诞节时的装饰彩灯。

"宝贝儿！"她大喊，"你终于来了！"

我还没来得及思考眼前的这一幕代表了什么，奶奶就飞扑进了

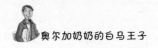

克兰菲德先生怀里，我连忙后退，一不小心撞上了立式挂衣架。

宝贝儿是在叫克兰菲德先生。

克兰菲德先生是奶奶的宝贝儿。

我惊讶得眼珠子都要掉出来了。

亲爱的日记：

你肯定不相信，今天发生了什么……奥尔加奶奶和克兰菲德先生（没错，就是那位克兰菲德先生，我们超会讲课的数学家教老师！）竟然是一对情侣！让我先消化消化。

几分钟之后：

我还是没能把这件事消化干净，为此我在脑海中整理了一下整件事，列了一些目前能确定下来的点：

• 是奶奶介绍克兰菲德先生来给我们补习数学的。可能他们早就在一起了！

得去问问她为什么一直不告诉我们。

• 去比萨店那天晚上（也就是妈妈告诉我们她怀孕了的那晚）她可能压根儿就不是被她的闺蜜们放了鸽子，而是被克兰菲德先生放鸽子了。（但为什么她要抱怨自己有多么孤单呢？？？）

• 不管怎么说，我和耶特第二次补习的时候，他们两个肯定已经进入热恋期了。（奶奶那天待在我家厨房绝对不是巧合！！！）

• 我为了要照片给奶奶打电话的时候，她的反应特别激动。（像是耶特在我哥闪着长睫毛突然出现时会做出的反应。）或许那时候来访的压根儿不是她的闺蜜？？？

• 接着是周日，我和莱娜上门取照片的时候……（奥尔加奶奶还穿着晨衣……桌上散乱着吃剩的寿司和红酒瓶子……可疑，太可疑了！！！）

• 我不希望事情是这样的，但那时候克兰菲德先生或许就还躺在她的床上。（天哪！！！这我可跟莱奥妮一样难以接受。）

• 难道奥尔加奶奶是要跟克兰菲德先生一起去苏格兰旅行？？？

• 一件让我觉得很搞笑的事：对奥尔加奶奶来说，克兰菲德先生太年轻了。换句话说，对克兰菲德先生来说，奥尔加奶奶年纪太大了。难道年龄在真爱面前都是浮云？？？

作为饭后甜点的光头

妈妈回来了。大家都很开心，因为她令人感到那样温暖而安心，就像冬天噼啪作响的壁炉，夏天缀满贝壳的沙滩。总而言之，有她在好极了。

今天最后两节课由于米勒·施特格曼老师生病而取消了，我比平时更早到家，帮妈妈一起准备午饭。其实我本想和耶特、阿林娜还有莱奥妮一起去买甘草软糖，但她们仨还得先去平复一下心情，消化一下奶奶和克兰菲德先生在一起了这一事实。（回家平复，也就意味着没有甘草软糖了。）虽然耶特表现出一副为奥尔加奶奶高兴的样子，但我敢打赌，她实际上绝对气得要死，我们跟那么多男人搭了讪，还浪费了她的电话费，到头来竟全是白费工夫。

妈妈给做土豆沙拉用的冒着热气的土豆剥皮，我在一旁洗着红彩椒和黄彩椒。此时我们的话题是奶奶的桃花运（不讨论这个，难道还讨论别的?!）。

"你不觉得这也太疯狂了吗？"我说得十分激动，"奥尔加奶奶跟我们的家教老师在一起了！"

妈妈冲我笑了笑，眼睛周围浮起一丝细纹。"吃醋了？"

"你没事吧？"我扑哧一声笑了出来。

"玩笑玩笑。"妈妈把土豆皮聚在一起，扔进垃圾桶。

"告诉我嘛……你是怎么想的？"我坚持道，"不管怎么说奶奶都比克兰菲德先生大太多太多了。"

"是，所以呢？跟年龄并没什么关系。你有没有注意到，男人都喜欢找年轻漂亮的女朋友，但没有一个人觉得这件事很奇怪？"

没错，妈妈说得对，但我以前一直以为男人就要找年轻漂亮的小猫咪，要么就是长着一副小细腰的金发女郎。然而奶奶一项不占，她就只是我们的奥尔加奶奶。有点儿矮胖，爱背邮差包，爱穿夸张的衣裳。

"可我还是觉得奶奶找一个年龄相近的男人比较好。"

"因为利贝斯许特尔先生？"妈妈一出院，莱娜就没干什么好事，立刻就把白马王子大作战的故事向妈妈和盘托出——至少是讲了她也在场的那部分。

"是，我真觉得特别对不起他。他要是知道了奶奶已经有人了……还是个时髦的小年轻，开出租车，同时还是酒保和数学家教。"

妈妈大笑。"时髦的小年轻！克兰菲德先生的确是。跟你爸爸完全相反。但你也别担心利贝斯许特尔先生了。他还压根儿不认识奥尔加，肯定伤心不到哪里去。"

接下来的一段时间里，我安静地把彩椒切成小块、放到沙拉盆里，妈妈把油和醋倒在一起拌匀，然后从冰箱里取出一盘鱼肉。

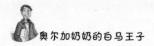

"莱娜说你们为了找白马王子跟许多陌生男人搭讪了？"妈妈问。

"这个吧……呃……好吧，是搭了一些。"我支吾着答道，一边因为我那管不住嘴的小妹气不打一处来。

妈妈注视着我，额头上露出深深的皱纹。"你肯定知道我想说什么吧？"

"知道。"我回答，紧张地把蝴蝶发卡打开了又合上、合上了又打开。"你不喜欢我们做这种事。因为可能会有危险。"

"没错，米娅。然后我还要问问，你们为什么要冒这样的险！"

"至少我们大部分时候是四个人一起行动的。这样还能发生什么大不了的事？最坏的情况也不过是我们向别人求助。"

妈妈深吸了一口气。"你们只有十一岁，这情况就已经够坏了！但你们还带着莱娜一起……"

"她是自己突然插进来的！"我生气地喊道，"要想摆脱她，我就只能把她拴在公交车上了！"

"无论如何，我希望你们不要再做这种事了。"妈妈的语气缓和了一些。

"当然不会了。"我严肃承诺，心里也的确是这么打算的。跟男人搭讪我本来就已经受够了。何况奥尔加奶奶如今跟她的梦中情郎——那个能把数学讲得出神入化的男人——那么卿卿我我、如胶似漆。

148

把鱼肉放在平底锅里煎时，妈妈突然提起奥尔加奶奶照片的事。那时她就感觉到我对她说了谎。

"对不起，妈妈。"我嗫嚅道，深感内疚。"但那时候我不可能跟你说实话呀！你会不许我去给奶奶找白马王子的。"

"即便如此。"妈妈把一个柠檬切成两半，挤出汁来洒在鱼块上，"你知道的，我不希望你们对我说谎。"

"我也不是觉得好玩才说谎的。"我小声辩解道。

估计我窘迫的样子像极了一只被踩到尾巴的狗，妈妈走到我身边，轻轻挠了挠我的脖子。"没事的，丫头。我知道你们终究还是出于好心。"

"妈妈？"我难为情地咳了一声。

妈妈收回手。"嗯？怎么了？"

"是小宝宝的事……"我犹豫着开口，"呃，现在我觉得它挺……好的……我有一点点喜欢上它了。甚至比一点点还要多一点点。"

"真的？"妈妈脸上还是一副严肃的表情，眼底却浮现了一抹笑意，"米娅，你不该在现在提这件事的。"

"但我是说真的！"我大喊道，"你去医院的时候……我害怕极了……"忽然有一团什么东西堵住了我的喉咙。

"嘘，别说了，我的宝贝，都过去了。"妈妈抱住了我，但我却止不住地流起眼泪来。我抽抽噎噎地向她坦白了一切，告诉她我从一开始就很害怕小宝宝出生后她会没时间照顾我们，告诉她现在跟哥哥、妹妹、爸爸还有工作争夺她的关注已经让我觉得十分

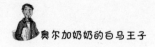

困难了。

"啊呀，米娅宝贝！"妈妈捧起我的脸，亲了我一下，微笑着注视着我。"为了不让你说的事发生，我会很努力的。"

一股焦煳味忽然窜进我的鼻子。"妈妈，鱼！"

但妈妈却没有走去照看炉子。她更加用力地抱紧了我，不断对我说着，她有多爱我。

第二天早上我踩着点儿赶到公交车站时，耶特已经在那里站着了。她像是连着下了七天雨的天空一样愁云满面，还十分反常地没有甩她那头媲美影星的金发。

"你今天早上配麦片的牛奶是酸的？"我问。

"不是，但或许有个人的牛奶是酸的。"

"你想说谁？"

"利贝斯许特尔先生。我昨天给他打电话了。"

"真的？"听说耶特把这件吃力不讨好的活儿干了，我还暗自窃喜了一下。"然后呢？他说什么了？"

"没说什么。但感觉他快哭了，就跟真的失恋了一样。"

"不至于那么严重吧。"我搬出妈妈那套话，"他还不认识奶奶呢。"

"但他对那张照片一见钟情了啊。"耶特解释道，这才甩了甩头发。

"谁知道呢——说不定他见了奶奶本人就不这么觉得了。"公交车停在了我们脚跟前，折叠门"唰"的一声打开。我推着耶特上了车。

"你为什么这么同情他？"我们在第一排位置上落座后，我问。"咱们跟他又不怎么熟。"

"我觉得他人挺好的。而且他绝对比克兰菲德先生跟你奶奶般配得多。想想克兰菲德先生那个华而不实的皮带。"

不得不承认，耶特说得对。但我们现在不再扮演把玩别人命运的爱神了，不管是好是坏，只能接受现实。

还有两站到学校时，一个男人登上了公交车，身影从远处看跟"鼻涕虫"老师十分相似，近处一看更是一个模子里刻出来的——真倒霉！我们最近都把他忘了！

"早上好，耶特。"他含糊不清地嘟囔着，先跟耶特打了招呼，看着的却是我。然后他叫了我的名字米娅，这会儿却望向了耶特。柯尼希先生肯定是刚通了宵，还糊涂着呢。

"早上好，柯尼希先生！"我和耶特甜甜地回应，没去纠正他把我们俩弄混的这件事。

公交车开动起来，"鼻涕虫"脚下一绊，重重跌坐在我们旁边空着的那一排上。他赶忙别开视线，头也不回地望向窗外。

耶特戳了戳我，嘘声道："快，问问他咱们的小测验怎么样了。"

是个好主意。只是怎么问？为了不让机会白白溜走，我连忙开

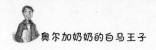

口："柯尼希先生？嗨！"

"鼻涕虫"转过头来，盯着我们，目光呆滞。所幸现在那张脸上没挂着鼻涕。"嗯？怎么了？"

"我们想问问……"我刚说了几个字就陷入了停顿。

"……想问问我们的小测验试卷您批改完了没有。"耶特用清晰的声音接下了我的话。

"啊，哦，你们的试卷。"如果我没看错，他的脸好像变红了一点。"我改好了。"

"结果呢？"我追问道，心脏扑通扑通地跳着。

柯尼希先生来回摆弄着他公文包上的安全扣。"怎么说呢……好吧，我很抱歉，之前毫无根据就怀疑了你们互相抄袭。"

真的假的啊？我想，心里还有点儿愤愤不平，但脸上还一动不动地保持着微笑。耶特向柯尼希先生点头致意，仿佛她的脖子接触不良。

"不好意思。我判断得太草率了。"

"没事，都过去了。"我原谅了柯尼希先生——主要是因为终于不用再帖记着可怕的小测验了——耶特还在继续卖乖："谢谢您，让您费心了。"

幸好，不一会儿公车就到站了，我们开启了在学校没有"鼻涕虫"的愉快一天。转眼间头两节课（英语和历史）就结束了。课间时分，耶特、阿林娜、莱奥妮和我占领了校园中唯一的一片阴凉地，开起白马王子大作战总结会。

　　莱奥妮猜测，克兰菲德先生和奥尔加奶奶交往只是图个新鲜刺激，很快就会抛弃她的。好个轻浮男典型。

　　"瞎说！"阿林娜反驳，"我赌克兰菲德先生对你奶奶是真爱。她在他心中就像一位真正的公主。"

　　耶特大声喝了一口可可。"万一他跟你奶奶分手了，我们也还可以随时变一个利贝斯许特尔先生出来。我还留着他的手机号码呢。"

　　"这算是给奥尔加奶奶留了个备胎？"莱奥妮发出一声呻吟，"也太恶心了！"

　　显然。这类情况是有可能发生的。

　　"现在就先让我奶奶高高兴兴地跟克兰菲德先生交往好吧！"我斥责莱奥妮道。

　　"但你们就不会觉得让奶奶的情人当家教很别扭吗？"莱奥妮不依不饶。

　　的确有一点儿，我想，但我还是完全能接受的。耶特虽然说她也能接受，对此我却半信半疑。不管怎样，我是不会做任何破坏他们关系的事的。

　　我们的对话被打嗝先生、亨宁和奥利弗打断了。这几个家伙又装出一副偶然路过的样子鬼鬼祟祟地围着我们打转。

　　"你们几个蠢蛋想干吗？"耶特生气地问。

　　打嗝先生摸了摸自己的耳垂，露出傻笑。亨宁的脚在地上踢来踢去，奥利弗把口香糖吹出一个泡泡，却被亨宁戳爆糊在了脸上。

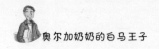

老天啊，他们三个真是幼稚死了！

"有话快说！"耶特催促，"你们干吗？"

"尊敬的各位女士，"打嗝先生开口了，"我们特来向各位献上最诚挚的道歉。"

阿林娜大笑出声。"什么？你们来干什么？"

"跟你们道歉。"亨宁概括了一下卡斯帕那啰里吧唆不知所云的蠢话。

"为我们之前开的那个不合适的玩笑。"奥利弗补充道，一边抠着黏在脸上的口香糖。

"不接受道歉。"我没好气地说。我才不会这么简单就原谅这群小子。我想带着耶特、阿林娜和莱奥妮离开，打嗝先生却挡住了我们的去路。

"等一下！"他急忙把手伸进裤兜翻找，像是在那儿藏了什么宝贝。或许是金块吧，也可能是钻石。这样至少还算得上是对他们愚蠢行径的合理补偿。然而他只掏出了一张叠得乱七八糟的照片。照片上是一个秃头的老男人，那样子仿佛下一秒就要升天。

"好顽强的生命力，"莱奥妮评价道，"所以呢？这谁呀？"

"是我叔祖。"亨宁用力耸了耸肩，模样尴尬极了。难怪照片里这个人看起来差那么点儿意思。

"长得跟斗牛犬似的！"耶特咯咯直笑。

亨宁一把夺过打嗝先生手里的照片，塞进自己的裤兜。"我就说吧！这就是个馊主意！"

"啥？"我不解，"什么主意？"

"就是，那个，我们之前想……为了补偿那次的事……"打嗝先生张着嘴，好像在等着吃苍蝇似的，"我们想给你们那位奶奶找个男人。"

"找个男人？"我重复了一遍，好像这个词平时不存在于我的字典里一样。

"对，就是这样！"打嗝先生确认道，亨宁在一旁补充："其实他本人长得一点儿也不像斗牛犬。而且还单着呢。"

莱奥妮扶着自己的脑门，嘴里念叨着"耍猴儿戏"云云，耶特则大笑道："不知道你们在说什么！"

"赫伯特叔叔就这么糟么？"亨宁发问，显然感觉受到了冒犯。

"也没有很糟啦，"我回答，"但多此一举了。因为我奶奶已经有男朋友了。"

恰在这时，上课铃响了——真是天助我也。我们抛下原地呆立的三个傻小子和他们的光头叔祖赫伯特，扬长而去。

生活好比一出滑稽戏。一开始，奶奶无人问津，现在却出现了一个克兰菲德先生和两位白马王子候选人。这人一多，却又让人承受不起。

香草冰激凌、盐焗坚果与草莓

　　周四下午，耶特、阿林娜、莱奥妮和我在池塘边度过我们的午后八卦时光，品尝着耶特妈妈赞助的一大桶香草冰激凌。一切都是那么完美。毛茸茸的白色幻兽在初夏的天空中翱翔，头顶的栗子树在风中摇动着枝叶，三五只麻雀在我们脚边啾啾鸣叫、上蹿下跳。可怜的小鸟儿们。抱着兴许它们能懂人话的希望，我大声告诉它们我们既没面包也没有饼干。

　　莱奥妮是我们四个里吃冰激凌最快的那个，因为她没有过多参与奶奶和白马王子的话题的讨论。与之相反，阿林娜和耶特则讨论得起劲儿，就克兰菲德先生是否能让奶奶怀孕这个学术问题吵得不可开交。

　　"胡说八道！"莱奥妮挤出一句嗔骂，嘟起的嘴巴发出响亮的一声，仿佛一个响吻。

　　"莱奥妮说得对，"我站在莱奥妮一边，"不管理论还是实际上都不可能。你们性常识课没好好听吧？"

　　"当然听了，但要是奥尔加奶奶怀孕了，那多浪漫呀！"阿林娜长吁短叹。

"浪漫？"我反问，"有一位八十岁的妈妈跟浪漫有一毛钱关系吗？"

"你奶奶哪有那么老！"

"但她已经是奶奶辈了，已经不适合当妈妈了。"莱奥妮尖锐地抛出结论。

纵使阿林娜天生热爱妄想、脑中天马行空，也是明白这点的。

"光是妈妈有小孩就已经够让人心烦意乱的了。"我补充道。

耶特放声大笑。"想象一下，你妈妈和奥尔加奶奶同时生了小孩，那你奶奶的小孩就等于是你妈妈小孩的妈妈了。"

"胡说八道！"莱奥妮说，"他们俩应该是堂兄弟或者堂兄妹。"

"错！"阿林娜插话，抬眼瞟向我们头顶的树梢，"如果米娅的奶奶生了一个小孩，应该算米娅爸爸的弟弟或者妹妹。说到这儿你们跟得上吗？"

我们点了点头。

"因此也就是说，他是你妈妈小孩的叔叔或者阿姨。"

虽然这听起来诡异极了，但阿林娜讲得的确是对的。说不定她是我们中头脑最好的。

"小宝宝具体什么时候出生？"耶特问。

"唉，那还久着呢！肯定还得有半年！"

"你在那儿叹什么气呢？"莱奥妮不解，"要我说，小宝宝总在打嗝，又会没完没了地大哭大叫，尿布还有味儿。"

我朝麻雀们扔了一块刚从我的七分裤裤兜里发现的点心渣儿。一只小鸟立刻叼起了它，带着战利品飞走了。"我知道。但约瑟芬说不定和其他小宝宝不一样呢。"

"约瑟芬？"耶特瞪大了眼睛，"原来是个女孩，都没听你说过。"

"也可能是个男孩，我不知道。反正在我这儿就是约瑟芬了。"

"可怜的小家伙！"耶特狂笑，"万一是个男孩，他现在就已经够值得同情了！你将来肯定会强行给那个小伙子换上镶边连衣裙的。"

"你个傻瓜！"

"我不是，你才是！"

阿林娜先掐了我一下，然后也给了耶特一下。"为这种蠢事吵来吵去，你们两个都是傻瓜！"

就在这时，莱奥妮突然大声嚷嚷。"快看，谁来了！是那帮傻小子！"

正是如此。打嗝先生、亨宁和奥利弗大摇大摆地走着，更糟糕的是，他们笔直朝着我们来了。

"姑娘们，上，咱们去把他们赶走！"耶特跃跃欲试。

"好嘞！"莱奥妮应声附和。

"这不好吧，"阿林娜打断了她们，"不管怎么说，他们已经跟咱们道过歉了，而且还给奥尔加奶奶找了一位很不错的先生呢。"

"很不错的先生？明明是个光头老爷爷。"耶特气呼呼地说，"而且还是那个亨宁的亲戚。"

"阿林娜说得对。"我发表结论，"男生们为了挽回事态的确努力过了。"

"所以你不觉得他们烦人了？"

我耸了耸肩。"烦可能还是烦的，但至少咱们应该给他们个机会。"

话音刚落，三人组就来到了我们面前，为安全起见还站在了我们的两米开外。

"你们是敌是友？"谨慎起见，我问道。他们可别单纯又是来耍我们玩儿的。

打嗝先生露出了一个诡异的笑容，然后在下一秒特别乖巧地说："当然是朋友。"

"能证明给我们看吗？"耶特怀疑。

"当然。"打嗝先生放下背包，把里面的东西一样样拿出来。各种好吃的出现在我们眼前：草莓、葡萄干小面包、盐焗坚果、饼干还有饮料。

"这是要开派对还是怎么着？"莱奥妮问，她的口水都快流出来了。

"你们愿意那就开。"奥利弗答。

"可这是怎么了？为什么？我们何德何能？"耶特的视线从草莓飘向坚果，又落回了草莓上。

"呃……我们考虑过了……"打嗝先生起了个头，亨宁替他把话补完："因为之前我叔祖的效果不太好，所以我们就想换个方法再跟你们道一次歉。"

换个方法跟我们道歉……这群小子身上发生什么了？兴许他们吞了能让人变友善的药片，要么就是有人干扰了他们的脑磁场。

不过那种事怎样都好。真正重要的是，此刻我对自己身边的一切都如此满意。这里有和我的家教老师热恋中的奶奶、肚子里孕育着小约瑟芬的妈妈、成天穿着"实用款"（难看得要死）凉拖的爸爸、风华绝代的哥哥、烦死人不偿命的妹妹，有我的闺蜜团……还有这群傻小子和他们带来的美味盐焗坚果。

米娅来了

1. 打嗝先生

2. 来自外星的女孩

3. 奥尔加奶奶的白马王子

4. 乱七八糟的爱情

5. 柏林历险

米娅来了

6. 神秘的波点女孩

7. 米娅当家

8. 超级迷惘的班级郊游

9. 牙套王子

10. 盛大的婚礼计划

荣获德国

海因里希·沃尔加斯特文学奖的

实力作家苏珊·菲尔舍尔最新力作

图书在版编目（CIP）数据

米娅来了. 奥尔加奶奶的白马王子 /（德）苏珊·菲尔舍尔著；董芊羽，邓康宁译.
北京：中国国际广播出版社，2018.4
ISBN 978-7-5078-4241-8

Ⅰ.①米… Ⅱ.①苏…②董…③邓… Ⅲ.①儿童小说－长篇小说－德国－现代
Ⅳ.①I516.84

中国版本图书馆CIP数据核字（2018）第050926号

著作权合同登记号 图字01—2017—2533
Copyright text and illustrations © 2010 by CARLSEN Verlag GmbH, Hamburg, Germany
First published in Germany under the title MIA UND DER TRAUMPRINZ FÜR OMI by
Susanne Fülscher
Simplified Chinese Translation Copyright © 2018 by China International Radio Press
All rights reserved
Translation rights have been negotiated through HERCULES Business & Culture GmbH

米娅来了：奥尔加奶奶的白马王子

著　　者	［德］苏珊·菲尔舍尔	
译　　者	董芊羽　邓康宁	
审　　校	姜林静	
策　　划	张娟平	
责任编辑	笑学婧	
版式设计	国广设计室	
责任校对	徐秀英	

出版发行	中国国际广播出版社 ［010-83139469　010-83139489（传真）］	
社　　址	北京市西城区天宁寺前街2号北院A座一层	
	邮编：100055	
网　　址	www.chirp.com.cn	
经　　销	新华书店	
印　　刷	环球东方（北京）印务有限公司	

开　　本	880×1230　1/32
字　　数	140千字
印　　张	5.5
版　　次	2018年5月　北京第一版
印　　次	2018年5月　第一次印刷
定　　价	24.80元